橙色女孩

Appelsinpiken

[挪威] 乔斯坦·贾德 著

王梦达 译

新世纪出版社
·广州·

图书在版编目（CIP）数据

橙色女孩 /（挪）乔斯坦·贾德著；王梦达译 . —广州：新世纪出版社，2023.4
 ISBN 978-7-5583-3521-1

Ⅰ . ①橙… Ⅱ . ①乔… ②王… Ⅲ . ①长篇小说—挪威—现代 Ⅳ . ① I533.45

中国版本图书馆 CIP 数据核字（2022）第 212116 号

Appelsinpiken by Jostein Gaarder
Copyright © 2003 H. Aschehoug & Co (W. Nygaard), Oslo
Published by arrangement with Oslo Literary Agency
through Bardon-Chinese Media Agency
Simplified Chinese translation copyright © 2023
by Beijing Xiron Culture Group Co., Ltd.
All rights reserved.

版权合同登记　图字：19-2023-035 号

橙色女孩
CHENGSE NUHAI

［挪威］乔斯坦·贾德 著　王梦达 译

出 版 人：陈少波
产品经理：王　沛
特约编辑：黎　鸢
责任编辑：秦文剑　梁志鹏
责任校对：叶　莹
责任技编：王　维
出版发行：新世纪出版社
　　　　　（广州市越秀区大沙头四马路 12 号 2 号楼）
经　　销：全国新华书店
印　　刷：三河市中晟雅豪印务有限公司
规　　格：880mm×1230mm　　　　开本：32 开
印　　张：5.75　　　　　　　　　　字数：110 千
版　　次：2023 年 4 月第 1 版　　　印次：2023 年 4 月第 1 次印刷
定　　价：35.00 元

质量监督电话：020-83797655　　购书咨询电话：020-83781537

找到存在的意义，祝你好运！

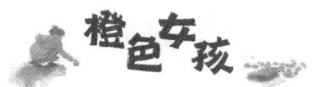

父亲是十一年前去世的,当时我只有四岁。我本以为,这辈子都不会听说更多关于他的消息。然而现在,我们正在共写一本书。

你现在读到的就是这本书的开头,是我写的部分。父亲很快会参与进来,毕竟大部分内容都要由他来讲述。

我不确定自己是否真的记得父亲,或许所谓记得,只是我一厢情愿的执念。我之所以对他有印象,很可能是因为我反反复复翻看他的那些照片。只有在这个过程中,我才真正地相信,那些回忆是真实存在的。当然,这只是我个人的看法。过去曾发生的种种都是记忆中的内容,比如我们一起坐在外面的阳台上,眺望遥远的星星。

在一张照片里,我和父亲坐在客厅旧旧的皮沙发上,当时他似乎在讲什么有趣的事。现在那张沙发还在,可上面已经没有了父亲的身影。

另一张照片里,我们惬意地坐在阳光房的绿色摇椅里。父亲去世后,这张照片就一直挂在我的房间里。此时此刻,我就坐在那张摇椅里,尽量让它保持静止——现在,我决定要将所有的想法都写进一个厚厚的记事本里,以后,我还要把这些文字都输入父亲留下的旧电

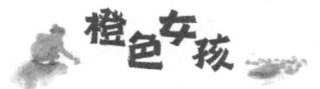

脑中。

关于这台旧电脑,还有另外的故事。这些留到以后再说。

拥有这么多旧照片,感觉有点儿怪怪的。毕竟它们属于另一个时空,承载着另一段岁月。

在我的房间里,还有一本装满父亲照片的相册。这本相册多少让我有些忐忑:我拥有一个人这么多的照片,而这个人却不在人世。

家里还留有父亲的录像带。我听见父亲声音的时候,甚至会微微战栗。父亲的声音洪亮浑厚,富有磁性。

或许正如奶奶所说,当一个人已经不复存在,或者,已经无法和我们生活在一起的时候,有关他的所有录像带都该封存起来。窥探亡者的隐私是不道德的行为。

我也可以在录像带里听见自己的声音,那么高亢尖锐,让人联想到刚出生的雏鸟。

曾经,父亲是家里的男低音,而我负责高音的部分。

在其中一卷录像带里,我坐在父亲肩膀上,试着摘下圣诞树顶的星星——只差那么一点儿就够到了。当时我只有一岁。

妈妈有时会重温我和父亲的录像。她整个人躺在沙发里,不时笑出声来。录像里并没有她——她总是躲在

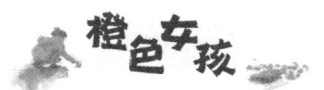

摄像机后面，默默记录着我和父亲的点点滴滴。妈妈觉得录像很好笑，我却笑不出来。父亲应该也不会欣赏妈妈的态度吧，如果他还活着的话，或许会说"这像什么话嘛"。

另一段录像拍摄于复活节，我和父亲坐在费尔斯多伦的度假屋前面。那天阳光灿烂，我俩手上各拿着半只橙子。我没剥皮，试着直接吸出里面的橙汁。我敢肯定，当时父亲心里想的一定不是手里的那半只，而是其他的橙子。

就在这个复活节后不久，父亲察觉到身体有点儿不对劲。他病了有大约半年的时间，一想到自己将不久于人世，他就感到恐惧。我相信，他很清楚这一天终会到来。

妈妈总和我说，父亲当时特别难过，他还没能来得及真正认识我，生命就已经走向终点。奶奶也常提到这件事，只不过她的描述里平添了一丝神秘的色彩。

每每谈到父亲的时候，奶奶的声音就会变得有些异样。这也难怪，爷爷奶奶失去了一个成年的儿子，这种白发人送黑发人的揪心之痛，的确是我无法体会的。幸好，除了父亲外，他们还有一个健康的儿子。奶奶在看父亲的照片时，脸上从来没有任何笑容，总是一副若有所思的表情。这一点，她自己也很清楚。

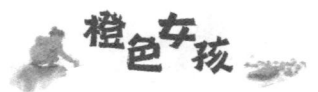

那时，父亲已经默默做了决定，毕竟，和一个三岁半的孩子是没办法深入交流和对话的。现在的我完全能够明白这个道理。等你读完这本书后，你也会理解我父亲的想法。

在我留着的一张照片里，父亲躺在病床上，脸颊瘦得凹陷了下去。我坐在他的膝盖上，双手被他紧紧握着，这样就不至于把所有重量都压在他身上。父亲看着我，勉强挤出一个微笑。照片是在他去世前几个星期拍的。老实说，我宁可这张照片从未存在过。但是，既然有了它，我就不忍心丢掉它，而且忍不住去反反复复地看。

今天，我已经满十五岁，确切地说，是十五岁零三个星期。我叫乔治·罗德，和妈妈、约尔根、米莉亚姆一起住在奥斯陆的胡姆勒大街。约尔根是我的继父，但我对他从来都是直呼其名。米莉亚姆是我的小妹妹，才半岁大，连话都说不利索。

当然，任何照片或录像带里都找不到米莉亚姆和父亲在一起的影像。约尔根才是米莉亚姆的父亲。所以，我是父亲唯一的孩子。

在这本书结尾的部分，我会写一些关于约尔根的趣闻逸事。但现在，我要先卖个关子。等你们读完这本书，自然会了解事情的真相。

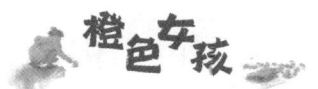

父亲去世后,爷爷奶奶曾到家里来,帮妈妈收拾父亲的遗物。但当时,他们没有发现任何重要的物品。所谓重要物品,就是父亲被送往医院之前写下的东西。

这件事一直无人知晓。直到这个星期一,"橙色女孩"的故事才得以真正问世。奶奶想去工具间找东西,结果在我小时候坐过的红色小童车的坐垫下找到了这封信。

至于这封信为何会出现在那里,算得上是个谜。当然,它肯定不是偶然的巧合,因为在父亲写下这封信的时候,三岁半的我对这辆小童车喜欢得不行。我并不是说,这封信的内容和小童车有什么关系——事实上,这也的确不是一个关于小童车的故事。父亲之所以写下"橙色女孩"这个故事,就是为了等我长大后能够真正读懂。可以说,这是一封父亲写给"未来的我"的信。

如果这些文字果真出自父亲之手,换言之,他把一叠可以装订成册的厚实信纸放进小童车坐垫下面时,一定相信这封信最后会平安到达收信人手里。我曾经反复琢磨过这个问题:当人们把家里的旧物拿去跳蚤市场或是扔进垃圾桶之前,一定已经非常仔细地检查过这件旧物。我实在没办法想象,从一堆废旧垃圾中翻找出珍贵信件的场景。

在过去的几天里,有个疑问始终困扰着我。我从前一直以为,要想把信寄往未来,人们总可以想到一种更

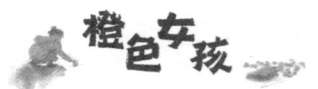

为简单和有效的方式，至少会比藏在小童车的坐垫里要可行得多。但父亲为什么要这样做呢？

有时候，我们难免遭遇这种情况：过了四个小时、十四天，甚至十四年，读者才有机会阅读到作者写下的故事。"橙色女孩"就是这样一个故事。它是写给十二岁或十四岁的乔治的——一个父亲还来不及认识的乔治。并且，父亲应该已经做好了心理准备：他永远都无法认识那个乔治了。

现在，这个故事很快就要揭开序幕了。

大概一个星期前，我从音乐学院回到家里，惊讶地发现爷爷奶奶来了。他们突然决定离开滕斯贝格，现在毫无征兆地出现在我们面前，还要在我们家过夜。

当时，妈妈和约尔根也在家。我进门换鞋的时候，他们四个人一脸憧憬和期待的表情，简直难以形容。我的鞋子湿漉漉、脏兮兮的，但他们似乎视若无睹，并且是在讨论一件和鞋子完全无关的事。我当时甚至在想，该不是出什么大事了吧。

妈妈说，米莉亚姆已经上床睡觉了，而且她对爷爷奶奶的突然造访没有任何意见。诚然，他们并不是她真正的爷爷奶奶，她有自己的爷爷奶奶——他们人很好，有时也会来家里做客。不过，血缘关系和亲密程度有时候并不挂钩。

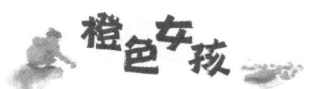

我走进客厅，坐在地毯上。我记得当时，每一个人的脸上都洋溢着兴奋和喜悦。我几乎要以为，真的出大事了。我拼命回忆自己在学校里是否犯了错。今天钢琴课一结束，我就立刻赶回家，一点儿都没耽误。况且这几个月来，我一次都没有偷吃厨房的点心。所以我实在想不出原因，只好问："出什么事了？"

奶奶这才详细地讲出了整件事情的来龙去脉：她找到一封信——一封父亲生前写给我的信。我的胃突然痉挛起来。父亲已经去世十一年了，我甚至不能确定，自己是否还记得他。一封来自父亲的信——它听起来严肃得可怕，犹如一封遗书。

随后，奶奶拿出那封厚厚的信，把它递给了我。信尚未拆封，上面只写了短短的三个字：乔治收。很显然，那不是我熟悉的字迹，既不是奶奶的，也不是妈妈或约尔根的。我把信封撕开，从里面抽出厚厚一叠信纸。信纸被整整齐齐地装订在一起，扉页上写着：

乔治，你坐好了吗？无论出现什么情况，你都要稳稳地坐好，因为我现在要告诉你一个故事，一个你必须全神贯注聆听的故事……

我感到一阵头晕目眩。到底发生了什么？一封父亲写给我的信？是真的吗？

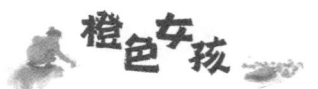

"乔治,你坐好了吗?"这时,我的耳畔仿佛出现了父亲洪亮浑厚的嗓音,和录像带里的感觉截然不同。仿佛父亲突然活了过来,出现在这个房间里,就在我们身边。

虽然信是密封的,但我还是想知道,其他人是不是已经偷偷读过。可在场的每一个人都坚定地摇摇头,肯定地表示他们没有看过里面的任何一个字。

"一个字都没有。"约尔根说。他的声音听起来有些羞赧,整个人的状态也和平时不同。他接着补了一句说,等我读完后,没准儿可以让大家看看。我相信,他很想知道信里都写了些什么。而且我有种直觉,不知为何,他的内心隐藏着一丝歉疚。

奶奶解释说,自己为何要在今天下午坐车赶来奥斯陆。如她所说,她相信自己揭开了一个从未被人知晓的秘密。这话听起来多少有些神秘的色彩,但事实上,这整件事就是一个谜团。

父亲生病的时候曾对我妈妈说过,他想要为我写些东西。确切地说,他想要给我写一封信,一封等我长大后能读懂的信。但直到我十五岁的今天,大家才证实了父亲所言非虚。

通过这封信,奶奶突然想起一件事:父亲生前曾对家人有过交代,其中就包括一个看似可笑的要求——任何情况下都不要丢掉红色小童车。奶奶说,父亲在医院

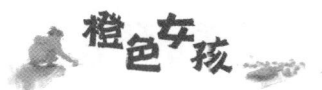

留下的遗言,她几乎可以一字不差地复述出来:"无论如何,你们都要留着这辆小童车。"父亲还说:"请千万别丢掉它。这几个月以来,它对我和乔治都有着非同寻常的意义。请答应我,把这辆小童车留给乔治,并且把我的话原原本本地告诉他。等他长大后,他会明白我的意思。这辆小童车是为他而保留下来的。"

因此,这辆旧旧的红色小童车一直留在家里,自然也没有流落到跳蚤市场。这一决定同样得到了约尔根的尊重。自从搬进胡姆勒大街的那一刻起,他已经意识到,有些东西是不能轻易触碰的——比如这辆红色的小童车。后来,这辆小童车甚至令他产生了遥不可及的距离感,所以他另外为米莉亚姆买了一辆小童车。或许,他在内心本能地排斥着一种念头:这是多年前父亲推过我的小童车,现在,他自己的女儿难道也要坐进同一辆车里?或许,他的选择表示出了对父亲的某种尊重,又或许,他只是想要给女儿买一辆更为现代化的小童车——这个可能性相当大。他对流行和时尚非常在意,格外注意紧跟潮流。

一封信和一辆小童车,奶奶花了十一年的时间才解开这个谜团。也多亏了她心血来潮的起心动念,突然觉得应该有人去工具间,好好检查一下这辆老旧的小童车。奶奶的预感并没有撒谎,这辆童车并不只是一个代步工具,更是一个"信箱"。

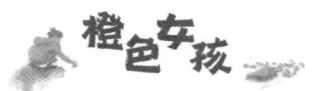

我完全不知道,这个故事的可信度究竟有多少。我永远都无法分辨,长辈们说的究竟是不是真的,尤其是触及"敏感话题"的时候——这是奶奶惯用的术语。

现在,我必须面对一个前所未有的重大谜题:为什么在十一年前,谁都无法打开父亲的旧电脑?父亲就是在那台电脑上写的信。当然,妈妈和奶奶曾做过多次尝试,可惜都缺乏足够的想象力去破解父亲的电脑密码。当时的电脑技术并不先进,设置的密码不能超过八个字母。可就是这八个字母,连妈妈都猜不出来,这一点也着实让我费解。于是,他们只好将父亲的旧电脑束之高阁。

关于父亲旧电脑的事,我之后还会详细说明。

现在,终于轮到父亲发言了。在他叙述的过程中,我会不时穿插一些自己的评论。最后,我还会写一篇后记。我必须这么做,因为在这封长长的信里,父亲向我提出了一个意义重大的问题。而对父亲而言,我对这个问题的回答同样至关重要。

我拿了一瓶可乐,当然还有那沓信纸,钻进自己的房间,然后反锁了房门。反锁这一行为太过反常,妈妈立即提出了抗议。不过她很快意识到,抗议是没有用的。

阅读一封作者已不在人世的信,是一件极其严肃而郑重的事。再说,我也无法想象受到周遭目光注视的感

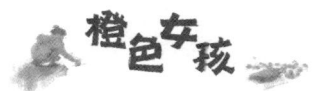

觉。信是父亲写给我的,而他已经去世了十一年。我需要一个人冷静冷静。

此时此刻,我站在自己的房间里,手里拿着父亲写给我的厚厚的信,感觉不同寻常。我觉得这就像自己发现了一本新的相册,里面装满了我和父亲的崭新的照片。外面正下着大雪。我从音乐学院往家走的时候,雪就已经开始下了。但现在是十一月,还没到积雪的时候。

我坐在床上,开始读信。

乔治,你坐好了吗?无论出现什么情况,你都要稳稳地坐好,因为我现在要告诉你一个故事,一个你必须全神贯注聆听的故事。或许你已经舒舒服服地坐进了那张黄色的皮沙发——但愿你们没有买张新的取代它。当然,我也可以想象,你正坐在阳光房的摇椅里——毕竟你一直都很喜欢那张摇椅,或者,你正站在窗外的阳台上。谁知道呢,我连眼下是哪个季节都不知道。没准儿你们早已不住在胡姆勒大街。

说起来,我又知道些什么呢?

我一无所知。谁在领导挪威政府?联合国秘书长叫什么名字?请告诉我,哈勃望远镜现在的情况怎么样?你听说过哈勃望远镜吗?到你那个时候,宇航员是不是已经探知了更多宇宙形成的秘密?

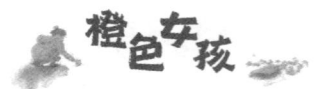

  我曾耗费许多心力，试图勾勒未来的模样。但所有的尝试都是徒劳。我所能做的，只是以现状作为基础，以一种渐进的方式描绘你的模样。我甚至不知道，你在读到这封信的时候到底有多大。或许十二岁，或许十四岁。而我，你的爸爸，早已不在人世。

  我们无法否认这个事实：此时此刻，我像个"幽灵"一样出现在你面前。每当想到这个场景，我都会不由自主地深吸一口气。这时我才恍然，为什么"幽灵"都像傻瓜一样，不停地大口喘气。因为他们不希望那些无意间撞见自己的人类受到惊吓。然而对"幽灵"而言，在一个完全不属于自己的时空里呼吸，实在是件相当困难的事。

  存在的意义不仅在于我们所占有的一席之地，还在于我们所拥有的、经过精确计算的生命周期。事实就是如此：我此时所处的环境以及我周遭的人群决定了我的出发点。我写信的这一刻，时间指向1990年8月。

  今天，也就是你读到信的此时此刻，你肯定早已忘记你三岁半时的那个温暖夏日，忘记我们共同经历的所有美好。但无论如何，这些记忆仍然属于我们，而且在接下来的几个小时里，我们还能延续这种幸福的感觉。

  我想向你倾吐的这些想法，始终在我脑海中挥之不去。随着时间不断地流逝，随着我们共同创造了越来越

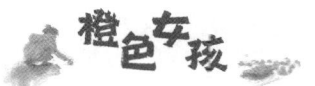

多的点点滴滴,你在将来回忆起我的可能性也在不断增加。而我,也开始以星期和天为单位计算自己剩余的时间。上个星期二,我们一起登上特里万塔,眺望了挪威近半的领土,甚至能够望见瑞典。妈妈也在,我们三个都在。你还记得吗?

你能不能试着回想一下这些场景呢,乔治?试试看吧,毕竟它们都深藏在你内心的某个角落。

你还记得那些木头轨道吗?每天你都会花上四个小时拼拼搭搭。现在,我正盯着它们。轨道、火车头、车厢等部分散落在房间的地板上,这就是你离开家之后的样子。虽然你对它们爱不释手,但最终,你还是要依依不舍地和它们告别,去上幼儿园。这些玩具上面沾染了你的气息,留有你触摸过的痕迹,我不舍得,也不敢挪动分毫。

你还记得我们周末玩游戏时用的那台电脑吗?刚买来的时候,我一直把它放在自己的工作室里,不过,上个星期我把它搬到了楼下。现在我最想待的地方,就是你玩耍的角落。每天下午,你和妈妈都会出现在这里。最近,爷爷奶奶前来探望的次数也越发频繁。真好。

你还记得那辆绿色的三轮车吗?它就在外面的石子路上,几乎是崭新的。如果印象模糊的话,很可能是因为它被放进了仓库或工具间。我可以想象,你读信的时候,它已经旧得不成样子,再也没法骑了。或者,它已

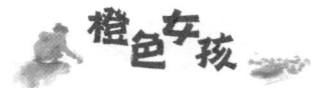

经流落到跳蚤市场了。

对了,乔治,那辆红色的小童车呢?它还好吗?

在你的记忆中,一定还有些清晰的部分,比如我们去松恩湖散步或者在小木屋度假时的情形。我们一家三口曾在费尔斯多伦先后度过了三个周末。不过我想,还是别再问了。真的别问了。或许无论怎么努力,我都无法唤醒你对过去的任何记忆,但那些画面仍然清清楚楚地烙印在我的脑海中。事实如此,任谁都无法更改。

正如我所说,我要告诉你一个故事。只不过在这封信里,我找不到一个合适的语调来讲述。我已经犯了一个自己都难以置信的错误——对着一个小宝宝自言自语。当然,等你读到这几行字的时候,你早已不是小宝宝了。你已不再是一个有着麦穗般金色头发的小男孩了。

我可以听见自己的声音,就好像一个老阿姨在对着小孩子絮絮叨叨一样。但这么想未免有点儿蠢,毕竟我写信的对象是已经长大的乔治——一个我从未谋面的乔治,一个我从未有机会真正对话的乔治。

我看了看时钟,把你送去幼儿园后,我回家已经有一个小时了。

我们每次路过去幼儿园路上的那条小溪时,你都会从小童车里爬下来,捡起一根小木棍或是一颗小石子往

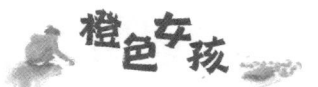

水里扔。一天你找到一只空塑料瓶,把它也扔进了水里。我并没有阻拦。这段时间里,只要是你想做的事,你几乎都可以去做。到了幼儿园后,我们还没来得及亲亲抱抱说再见,你已经向其他小朋友飞奔过去了。感觉你的时间永远都不够用。这也真够怪的,小孩子的人生才刚刚开始,按说应该有大把大把的时间,可有空的反倒是成年人。

就我的年纪来说,我恐怕还不够资格对别人讲这些大道理。我觉得自己还是个年轻人,至少算是个年轻的爸爸。话虽如此,我还是很希望时间可以停止它前进的脚步——如果生活还可以永远继续下去,我绝对举双手双脚赞成。当然,还是要有白天黑夜之分。时间遵循着自己的规律,黑夜即将结束的时候,也就意味着白天即将降临。日复一日,周而复始。

就我个人而言,我已经不需要拥有更多经历,体验更为精彩的人生。在内心深处,我只希望能够牢牢把握现在。然而遗憾的是,这一切正在悄然流逝。乔治,我能感到,所谓的"不速之客"们正在一点点吞噬我的生命力,它们应该为此感到羞愧。

这些日子,送你去幼儿园成为我既甜蜜又痛苦的负担。虽然我仍然行动自如,甚至可以推着童车走来走去,但我很清楚,自己的身体正在遭受严重疾病的侵袭。

橙色女孩

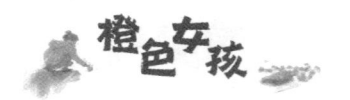

这种疾病最终会导致我卧床不起。而且我必须经过漫长且难以忍受的折磨后,它才会让我丧失所有的行动能力。或许你已经知道,我曾经是一名医生——相信妈妈已经告诉过你这些。可现在,我自己却成了需要接受治疗的病人,一个清楚了解自己病情的病人。我已经向医院申请了病假。我很清楚自己在说什么,我可不是那种任人摆布的病人。

在我们的概念中,或者说,在我生命进入倒计时的时候,存在着两种时间。有的时候,我会萌生出这样一种感觉:我们似乎分别站在浓雾弥漫的山巅,试图找寻对方,而我们之间横亘着一条山谷。当你跨越山谷,踏上人生新的道路的时候,我却无缘见证。虽然如此,我必须利用这些午后——也就是你上幼儿园的时候——集中精力,专注"当下"。从某种意义上说,我所谓的"当下",也就是未来——你阅读这封信的时刻。这一刻只属于你。

你要知道,一想到我在给遗留于世的儿子写这封信,我就感到一阵阵灼热。而阅读我写给你的这些文字,你也必然会感到痛苦。可我相信,如今的你已经长成一个小男子汉。既然我有勇气将想法付诸笔端,那你也应该能够忍耐和承受将信读完的压力。

如你所见,我正面临这样一个事实:我或许会离开,告别太阳和月亮,告别所有的一切——首先是妈妈和你。

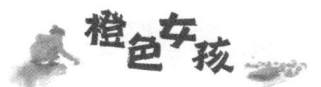

这就是真相，令人心碎的真相。

我要问你一个极其重要的问题，乔治，这也是我写信的目的。但在我提出这个问题之前，我要兑现自己的承诺，把这个令人不安的故事原原本本地告诉你。

自打你出生后，我就一直希望告诉你这个关于橙色女孩的故事。今天——也就是我写这封信的时候——你的年纪还太小，自然无法理解其中的深意。因此，我将它作为一份小小的遗产留给你。它应该安安静静地等待在某处，期待着未来和你相遇的那一天。

而现在，那一天终于到了。

读到此处，我不由得抬起头来。我曾无数次在脑海中搜索有关父亲的片段，现在我在做又一次的尝试。可在我的印象中，所有关于他的记忆都来自那些录像带和那本相册。

我依稀记得，自己曾有过木头轨道和小火车，但这并不能帮我回忆起关于父亲的部分。绿色三轮车仍然停在车库里，可我已经不记得它之前的模样。红色的小童车倒是还在工具间里，这点毋庸置疑。如果真如父亲所说，我和他曾一起去松恩湖边散步的话，那段记忆的确就此尘封。现在，我还常常去松恩湖畔，但都是跟妈妈和约尔根一起。有一次，我是和约尔根两个人去的。当时米莉亚姆刚出生不久，妈妈还躺在医院的病床上休息。

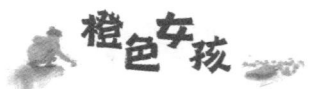

当然,对于费尔斯多伦的度假屋,我能列举出诸多回忆片段,不过父亲始终缺席其中。记忆里,那里只有约尔根、妈妈和米莉亚姆。度假屋里保留着一本回忆录性质的记事本,那是父亲去世前断断续续记录下的生活经历。一个困扰我多年的难题在于,我不能确定自己是否能够完全信任父亲的叙述。"复活节的晚上,我和乔治搭了一座不得了的、能创下纪录的雪屋,我们还在里面点了蜡烛……"诚然,我已经无数次地读过这些文字,但因为记忆的缺失,我不知道自己是否真的参与其中。那座能创下纪录的雪屋搭建起来的时候,我还不到两岁半。当然,我们还有照片做证,可照片里灰蒙蒙的,只能看见影影绰绰的烛光。

另一件特别的事情在于,在这封长信的前几段里,父亲向我提到了这么几个问题:

请告诉我,哈勃望远镜现在的情况怎么样?你听说过哈勃望远镜吗?到你那个时候,宇航员是不是已经探知了更多宇宙形成的秘密?

当我读到这段文字的时候,脊背突然涌起一阵刺骨的凉意:我刚刚完成一篇很长的家庭作业,内容就是这台仪器——按照英文的说法,应该称其为哈勃空间望远镜。班里的同学有的写足球,有的写乐队组合,还有的

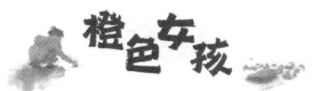

写罗尔德·达尔,我却一头扎进图书馆,借阅了所有关于哈勃空间望远镜的资料,然后完成了作业。作业是几个星期前交上去的,老师给我的评语是:"可以看出,你对这个艰深话题所做的尝试是经过深思熟虑的,内容翔实,知识性强。"读到评语的那一瞬间,我体验到从未有过的自豪。评语前还有一行题词:"献给业余天文学家的一束鲜花!"老师甚至在旁边画了一束花。

莫非父亲是个预言家?或者说,在我完成家庭作业后仅仅几周,他就问我哈勃空间望远镜的事,纯属巧合?

还是说,这封信根本就不是真的?难道父亲还活着?我又感到一阵不寒而栗。

我坐在床上,脑子里乱糟糟的。1990年4月25日,哈勃空间望远镜由发现号宇宙飞船送入轨道,开始环绕地球运转。父亲就是在那时生的病,1990年复活节过后,这点我记得清清楚楚。只是我从来没有想过,这两件事发生在同一时间。或许,就在载有哈勃空间望远镜的发现号宇宙飞船,从美国佛罗里达州的卡纳维拉尔角发射的同一天,甚至同一小时或是同一分钟、同一秒,父亲得知了自己患病的事实。

这时我才恍然,父亲为何会对哈勃空间望远镜的命运如此感兴趣。不久之后,科学家就发现,由于制造过程中的疏漏,哈勃空间望远镜的主镜存在球面像差。直到1993年12月底,奋进号宇宙飞船上的宇航员才修正

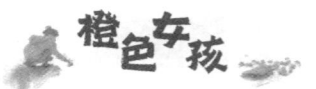

了那个瑕疵。父亲当然不可能知道这个消息——当时他去世已经快三年了。当然，他更不可能知道，1997年2月，宇航员又为哈勃空间望远镜更换了一批先进的设备仪器。

父亲已经去世。他不知道，哈勃空间望远镜拍摄到了有史以来最清晰、质量最佳的宇宙照片。我在网上搜寻到其中好几张，添加在了作业里。我最喜欢的几张，现在就挂在房间的墙上。其中一张是海山二的高清图片。海山二又称船底座 η 星，是一颗质量非常大的高光度蓝变星，距离太阳系约八千光年。它也是银河系最庞大的恒星系统之一，活动极不稳定，随时可能发生特大爆炸，成为一颗绚烂的超新星，最终成为黑洞。另一张是鹰状星云（M16）中心部分的特写照片，稠密的分子云和尘埃组成一个个高耸的柱状物，那就是星星诞生的地方！

相较于1990年，如今我们对宇宙的认识自然要丰富得多。哈勃空间望远镜为我们拍摄了成千上万张河外星系和星云的照片。那些天体距离我们所在的银河系往往有数百万光年之遥。此外，它还为我们传回了许多来自过去的宇宙的照片。这听起来实在匪夷所思：我们居然能知晓过去的宇宙的模样，仿佛穿越时空一般。光速虽然能够达到每秒三十万千米，但是宇宙浩瀚无垠，所以要从河外星系抵达我们所在的地球，光依然需要耗费数亿年的时间。哈勃空间望远镜拍摄到了一百二十亿光

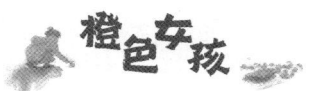

年外的河外星系，意味着那些照片拍到的是一百二十亿年前的河外星系。也就是说，哈勃看见了一百二十多亿年前的宇宙。多么不可思议啊！要知道，当时宇宙诞生还不到十亿年啊。哈勃空间望远镜仿佛是人类的眼睛，我们几乎可以借助它回到宇宙大爆炸的时空，探索时间和空间的源起。我对天文知识的了解相当之多，所以才会乐于写下这些看法。不过，我写的只是所知的一部分而已。我的家庭作业可写了四十七页纸呢。

父亲在信中提到了哈勃空间望远镜，这一点让我觉得有些恐怖。我对宇宙研究一直都有浓厚的兴趣，或许，这种洞察力和联想能力或多或少都有点儿遗传的因素。当然，我也可以在家庭作业中阐述阿波罗登月计划或者介绍第一个踏上月球的宇航员阿姆斯特朗，我也可以描述银河系的结构或者分析黑洞的形成，因为我在这些方面同样有着广泛且深入的了解。我还可以介绍太阳系的八大行星，以及火星和木星之间的小行星带。我甚至可以介绍夏威夷群岛上的巨大望远镜。然而我偏偏选择了哈勃空间望远镜。父亲是怎么猜到这一点的呢？

现在已经不难理解父亲为何会在信中提到联合国秘书长。我出生于十月二十四日，也就是联合国日。现任秘书长是科菲·安南。挪威的现任首相是谢尔·马格纳·邦德维克，他刚接替了前任首相延斯·斯托尔滕贝格的职位。

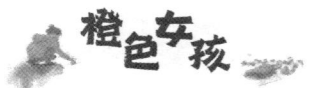

橙色女孩

我正沉浸在纷繁思绪之中。妈妈突然敲响了房门，询问我是否一切都好。"别烦我！"我不耐烦地回应着。现在，我刚把第四页读完。

我的内心有一个声音在呼喊：尽情说吧，父亲，告诉我"橙色女孩"的故事。我是多么殷切地期盼着你的讲述。你说的那一天已经到来。现在，就是切入正题的时刻。

关于橙色女孩的故事开始于一个下午，我在国家剧院外等着有轨电车。当时是七十年代末，正值深秋。

我记得我正在琢磨刚被医学院录取的事。我在憧憬未来的某一天，我成为一名真正的医生，不仅要面对疾病，还将掌握病人的命运。这的确是一种奇妙的感觉。我会身穿白大褂，坐在问诊台后面，然后说："约翰森太太，您需要验个血。"或是"您这种症状持续多久了？"

电车终于来了。我远远地看见电车经过挪威议会大厦，然后驶进站台。当时我有点儿心不在焉，一时想不起来自己究竟要去哪儿，就这么懵懵懂懂地上了车，电车上明亮的蓝色仿佛在泛着光，终点站是弗鲁格纳公园，车厢里挤满了人。

最先引起我注意的是一个有意思的女孩。她站在过道中间，手里抱着一只大纸袋，纸袋里装满了圆滚滚的橙子。她身穿一件橙色的连帽滑雪服，衣服明显有些旧。

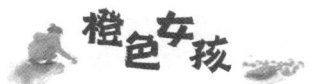

我那时心里在想：她抱的纸袋那么大，看着沉甸甸的，随时有可能掉在地上。不过，我的注意力并不在那袋橙子，而是那个女孩。我有种直觉：她很特别，透露着一种魔法般的神秘气质，无法用语言形容。

而且我发现，她也正在看着我。那感觉就像是她从电车熙攘的人群中将我"挑"了出来。这一切发生在刹那之间，仿佛我们瞬间有了默契，结成某种"秘密联盟"。从我踏上电车的那一刻起，她的目光就牢牢锁定我，而我好像在看着另一个方向。这是极有可能的：因为我当时光顾着害羞了。与此同时，在那段短暂的路途中，我很清楚地认识到一个事实：我这辈子都不会忘记这个女孩。虽然我和她素不相识，甚至不知道她姓甚名谁，但似乎从最初那一刻起，她就拥有一种强大的引力，令我沉迷其中。

她比我矮半个头，有一头黑色的头发和一双褐色的眼睛。我猜她大概十九岁，也就是说，和我一般大。她看着我，冲我微微点头，没有丝毫的羞怯或躲闪。她的微笑大胆而狡黠，带着一丝丝的挑衅，仿佛我们是认识许久的老朋友，或者，坦白地说，就好像我们在一起生活了一辈子。从她褐色的眼睛里，我读到了某种暗示的讯息。

她微笑的时候，脸颊边浮现出两个小小的酒窝。那笑容是多么迷人啊！我对自己的感觉并不意外：她让我

橙色女孩

联想到小松鼠,她的模样像极了可爱的小松鼠。如果我们真的已经生活了一辈子的话,那我们一定就是两只生活在树上的小松鼠,而且因为某个尚未完成的承诺,其中一只变成了神秘的橙色女孩。

可是话说回来,她的微笑为何会透着一丝挑衅意味呢?我的心里也有疑惑,那微笑真的是冲着我而来的吗?还是说,她的脑海中恰好产生了某种有趣的想法,所以微笑本身和我无关。又或者,那更像是一种嘲笑?我没办法排除这种种的可能,毕竟,我并不是一个引人注目的人。我的外貌十分平常,反倒是她手里抱着的大纸袋更能引起别人的注意。换言之,要说一眼看过去,车厢里有谁显得比较特别,那一定是她,而不是我。或许,她的微笑是一种缓解尴尬的方式吧。只不过,并非所有人都会散发出这种独特魅力。

我没有勇气再看她的眼睛,只能盯着那只装满橙子的大纸袋,生怕它掉下来。我在心里默念,可千万别让橙子滚出来啊。可结果似乎并不是她能控制的。

纸袋里的橙子少说有五千克,或者有八千克,甚至十千克。

电车向德拉门大街的方向驶去,先是一个上坡,紧接着是一个下坡。你可以想象当时的情形:她的身体不断摇晃,必须花很大力气才能维持平衡。她勉强撑过了

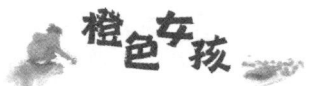

美国大使馆站和索里站，但在电车即将拐上弗鲁格纳大街的时候，我担心的一幕终于发生了：随着电车一个急转弯，女孩的身体剧烈摇晃了一下，那一瞬间，我本能地意识到，自己必须出手挽救她怀里的巨大纸袋。是的……就是现在！

就当时的情形来说，我的评估或许存在致命性错误。但无论如何，我必须完成自己的使命。于是，我迅速张开双臂，一只手托住了纸袋，另一只手则紧紧搂住了那个女孩的腰。结果，你猜怎么着？那个身穿橙色滑雪服的女孩，居然松开手，让装满橙子的大纸袋直直地掉了下去。当然也不排除另一种可能——我的动作太过猛烈，像是要把女孩连同她怀里的纸袋一起撞出过道一样。无论如何，结局都很悲惨：纸袋里的三四十只橙子滚得到处都是，有的滚到别的乘客脚边，有的在车厢地板上打转……总之，满车都是橙子。在我短暂的人生中，虽说经历过这样或那样令人难堪的事情，可这一次绝对算是数一数二了。我尴尬得无地自容。

至此，我对橙子的描写已经够多的了，而且橙子还要在车厢地板上滚动一段时间。但它们毕竟不是这个故事的主角。作为主角的女孩转过脸来，微笑已经完全消失。一开始，她的表情只是有些难过，神色显得有些黯然，仿佛每一只橙子对她而言都有着重要的意义。是的，乔治，很明显，这么多橙子里，没有任何一只可以被其

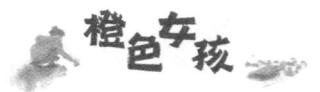

他的橙子所取代。没过多久，女孩的目光开始变得愤怒。她紧紧盯住我，并且以这种方式让我明白，我必须为刚才发生的事情负责。那感觉就像是，她的下半辈子都毁在了我的手里。我不得不保持沉默，但在内心深处，我隐约觉得，我也毁掉了自己的未来。

如果你当时也在现场，或许会说些调侃的话，试着打圆场，把我从窘境中解救出来。说不定你还能握着我的手，给我安慰和鼓励。可事实上，我必须再等待好几年，才能盼到你的出生。

我感到羞愧难当，赶紧弯下腰，双膝跪地，在脏兮兮的皮鞋和靴子之间钻来钻去，把所有能找到的橙子都捡起来。可我终究只能"拯救"其中的一小部分。而且雪上加霜的是，原先用来装橙子的大纸袋已经四分五裂，完全没用了。

偏偏上帝还和我开了一个玩笑：我的脖子正好贴住了她的额头，简直倒霉到不能更倒霉了。有两个乘客忍不住笑出声来。当然，他们的心情应该是愉悦的，拥挤的车厢里出现了这么一段小插曲，的确有效地缓解了压抑的气氛。当时我已经意识到，所有乘客都清清楚楚地目睹了整个过程，并且一致认为，我应该负全责。与此同时，我的大脑在飞快地盘算着，该如何挽救这一灾难性后果。

关于电车事件的回忆，我记忆中的最后画面是这样

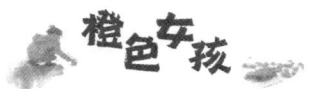

的：我站直身体，手里捧着一大堆橙子——有两只还塞在了裤子口袋里——再次走到那个身穿橙色滑雪服的女孩面前。她凝视着我的眼睛，用挖苦的口吻说："你这个惹祸精！"

她显然多有抱怨，但话说出口后，她的心情似乎好转了许多，口气也缓和下来。她用一半嗔怪、一半和解的口吻又说了一句："能给我一只橙子吗？"

"对不起，"我喃喃说道，"真对不起。"

这时，电车停在弗鲁格纳大街的米卢斯蛋糕店外。车门啪的一声打开了，我慌张地冲心目中那个超凡脱俗的橙色女孩点了点头，下一秒，她就迅速地从我怀里拿了一只橙子，宛如童话里的仙女一样，脚步轻快地消失在大街上。

电车再次发动起来，沿着弗鲁格纳大街向前驶去。

"能给我一只橙子吗？"乔治，你听见没有，她居然说这种话！那些橙子本来就是她的啊。我手里捧着的这一堆，裤兜里塞的两只，那些车厢里滚得到处都是的，都是她的。

我突然间变成了一个可笑的家伙：手里捧着一堆橙子站在车厢过道里，而且橙子还都不是自己的！在别人眼里，我简直是个可耻的橙子小偷！我能感觉到，一些乘客正在窃窃私语，对着我指指点点。我脑子里一团乱，

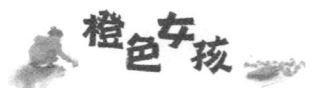

已经不知道该作何感想。无论如何,我必须在下一站——弗鲁格纳广场站下车。

走下电车的时候,我满脑子只有一个念头:我得设法处理掉这些橙子才行。为了不让橙子落地,我像个走钢丝的杂技演员,努力保持着身体的平衡。虽然我已经尽力了,但还是有一只滚落到人行道上。在这种情况下,我也只能当没看见,继续往前走。我总不能为了捡那一只橙子,冒险让所有的橙子再滚得到处都是吧。

很快,我注意到一个推婴儿车的女士。她正好经过一家开了颇有年头的鱼店(我不知道这家店现在是不是还在)。我放慢脚步,不动声色地向她靠过去,然后抓住这个千载难逢的机会,把所有橙子一股脑地倒在婴儿车的粉红色顶篷上,包括裤兜里那两只。整个过程不过一两秒钟的时间。

你能想象到那位女士当时的表情吗,乔治?在那种情况下,我觉得自己必须得说点什么,于是我恳求她,接受我赠送的这份小礼物。这是因为到了深秋季节,所有的孩子都必须补充足够的维生素C,这很重要。我还补充说,我本人就是学医的,所以非常肯定这一点。

她肯定觉得我唐突得无以复加,说不定还以为我喝醉了。至于学医什么的,估计更被她当成了疯话。不过,这时我已经撒开腿一路狂奔,跑过整条弗鲁格纳大街。就算那位女士对我有任何想法,我也不在乎了。我心中

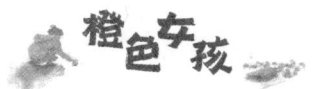

只有一个信念：我必须找到那位橙色女孩，把整件事情说清楚，弥补我刚才犯下的错误。

不知道你对弗鲁格纳地区熟不熟悉，反正我已经跑得筋疲力尽，把能找的地方都找遍了。弗鲁格纳大街，弗雷德里克路，埃里森贝格大街，鲁文斯科德路……但凡橙色女孩可能出现的地方，我一个都没放过。我感觉自己仿佛置身法国巴黎的戴高乐广场，四面八方都是出口，而橙色女孩已经不见踪影。

这天下午，我在弗鲁格纳一带来来回回走了不知道多少遍，从布里斯克比的消防局走到红十字医院。每当看见类似橙色滑雪服的东西，我的心就不由得狂跳起来。可是，我真正寻找的那个橙色女孩，却仿佛从地球上消失了一样。

就这样过了好几个小时，我突然产生了一个奇怪的念头：那个神秘的橙色女孩没准儿正开开心心地坐在埃里森贝格大街某幢房子的窗户前，秘密观察着我的一举一动——一个大学生没头苍蝇似的到处乱跑，就好像童话或者电影里的年轻勇士。只不过，这位年轻勇士始终找不到他心中记挂的公主，电影因此久久定格在某个画面。

一次，我在垃圾桶里发现了新鲜的橙子皮。我把它捡了出来，还闻了闻它的味道。假如它是被那位橙色女孩扔掉的话，留在上面的就是她的气息。

橙色女孩

这天晚上，我一直惦记着那个穿橙色滑雪服的女孩。我是土生土长的奥斯陆人，却从没见过这个女孩。正因如此，我的执念也越发强烈：我不甘心就这样错失和她再次重逢的机会。我一定要找到她。我仿佛被施加了魔咒一般，周遭的世界也随之改变。

我不断地想到那些橙子。她要那么多橙子做什么？难道要一只只剥开，然后通通吃掉？早餐一只，午餐一只，晚餐一只？我的情绪陡然波动起来。会不会是她病了，橙子是特殊食谱的一部分？想到这一点，我不由得紧张万分。

但也不排除其他可能性。比如她要举办一场派对，为一百名客人准备橙子布丁。想到这里，我顿时心生醋意：为什么这场百人派对没有邀请我呢？在我的印象里，这种大型派对的男女宾客比例往往是失调的。就拿舞会来说吧，九十九个人里可能有九十个都是男生，只有九个女生。尤其是大学商学院的迎新舞会，女生人数少得可怜。

这种念头越发让人难以忍受，我不得不尽量控制自己的想象力。同时我又忍不住在心里嘀咕了一句，某些院系的男女失衡现象未免太过严重。当然，也可能是我想多了。没准儿她只是想用橙子榨成汁，然后放进学生宿舍的冰箱里冷藏。可能她讨厌超市里卖的橙汁，用来

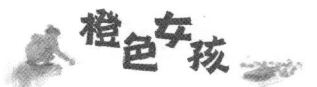

自加利福尼亚的廉价浓缩橙汁勾兑而成的那种。或许她对这种东西过敏。

不过老实说，无论是橙子布丁也好，鲜榨橙汁也罢，这两种可能性都不大。很快，我又萌生了一个更具说服力的假设：她身上穿的那件旧滑雪服，和挪威探险家罗德·阿蒙森去北极探险时的装备是同一款。我的推理很有依据，就好比根据化验结果和检查报告给出医学方面的专业判断一样。毕竟，很少有人会穿这么一件旧旧的滑雪服出现在奥斯陆的大街上。就算没有特殊意义，也显得很不寻常。更别说她手里还捧着装满橙子的大纸袋。

这么想来，橙色女孩可能打算乘雪橇穿越格陵兰冰原，起码也要横穿哈当厄高原。这样，橙子的部分也说得通。八到十千克的橙子可以放在狗拉雪橇里，作为必要的营养补充剂。不然，贸然闯入冰天雪地，她很可能会因为缺乏维生素而患上坏血病。

我的思绪越飘越远。滑雪服这个词源于因纽特人的文字。所以，橙色女孩一定是将格陵兰岛选作了探险目的地。她为什么偏偏选中了北极呢？她的冒险之旅最后又会如何收场呢？

抛开这些天马行空的幻想，橙色女孩也许只是买了一大堆橙子，留着慢慢吃而已。毕竟，当橙子滚落到地上的时候，她表现出了十分明显的难过和失望。那时我几乎可以肯定，她的家境并不富裕，甚至可以称得上

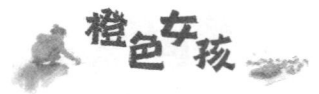

贫寒。

　　理性分析的话，这件事还存在更为现实的可能性。比如，橙色女孩生活在一个大家庭里，对，一定是这样。再比如，她在修道院工作，恰好就住在红十字医院对面的某个小房间里。就拿大家庭来说吧，她没准儿是家里的长女，而全家人都恰好喜欢吃橙子。你知道吗，乔治，我很希望能近距离接触这种大家庭，亲眼观察家庭中的点滴细节：一张巨大的餐桌，上面是高高的天花板，雕着玫瑰花纹的水晶吊灯。爸爸妈妈生了七个小孩，除了橙色女孩外，还有四个姐妹和两个兄弟。作为长女，橙色女孩是个懂事负责的大姐姐。每天早上，她都会叮嘱弟弟妹妹各带一只橙子去学校。

　　或者——我的脑海里突然冒出一个极其荒谬的念头，让我直冒冷汗——橙色女孩是一个小家庭的年轻母亲，她的丈夫是一个刚刚大学毕业、体格健壮的小伙子，很可能就是商学院的。他们生了一个女儿，不知道为何，我总觉得他们的女儿（如果有的话）应该叫兰维格。

　　无论如何，我都必须一一筛选这种种可能。我想到刚才那位推婴儿车的女士，越想越奇怪，为什么她会带小宝宝去一家卖鱼的店呢？说不定她是橙色女孩雇用的保姆。果真如此的话，那实在太让人心碎了。不过值得安慰的是，至少一部分橙子回到了主人手里。见到橙子的时候，橙色女孩的眼睛会不会像小松鼠一样，滴溜儿

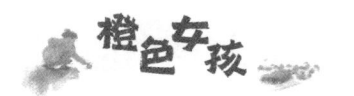

转个不停，琢磨着到底是怎么一回事？我突然觉得世界如此渺小，冥冥中自有天意。

当时，我的心情是亢奋的。我不断地分析和比较各种可能性，可以说，我正在为自己开一张"诊断书"。说句题外话，我的确为自己开过诊断书。当初我发现自己病了，就去同事那里，把我对自己的诊断一五一十地交代清楚。后续的治疗也是在此基础上展开的。

先暂时写到这里吧，乔治。我得去歇一会儿。

或许你会感到有些奇怪，我为何会怀着如此愉悦的心情，描述多年以前的那个下午发生的事情？在我的记忆中，那是一段欢乐的插曲，仿佛一段默片，我多希望你也能体验。但是，这并不意味着我现在也很愉悦。我所谓的现在，是重温记忆的此时此刻。事实上，我整个人孤独而无助，老实说，我找不到任何心灵的慰藉。我并不想隐瞒这一点。不过，你不必为我担心，也不用胡思乱想。我已经下定决心，控制自己的情绪，不会让你看见我流泪的模样。

你妈妈就快下班了。现在，只有我和你两个人在家。你正坐在地板上，握着水彩笔画画。你还不会对我说什么安慰的话，但或许，这就是你安慰我的方式。多年以后的某个时刻，当你读到父亲写给你的这封信时，或许你会有种疼惜的感觉。此刻，这个想法已经足以让我感

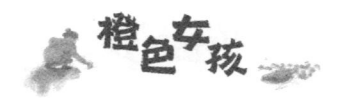

到温暖。

时间。乔治，时间是什么？

我望着哈勃空间望远镜拍摄到的1987A超新星的照片，父亲就是在那段时间发现自己得病的。

想到父亲当时的境况，我当然也会惋惜和难过。但我不能确定内心感到难过的真正原因——是因为对父亲的同情，还是他的忧郁带给我的沉重负担？我并不能为父亲做任何事情，他生活在全然不同的另一个时间里，而我必须过我自己的生活。假如所有人都会收到去世长辈留下的信并沉浸在悲伤中，那我们可能就不能把控我们自己的生活了。

我留意到，自己的眼角泛起了泪水。那并不是甜蜜的眼泪（如果世界上果真存在这种东西的话），而是痛苦的眼泪。泪水并没有滑落下来，而是不断在眼眶内打转。我能感觉到它们的灼热和湿润。

我不禁回想起往事：妈妈曾多次和我谈及父亲的墓地，全家人也会一起去给父亲扫墓。但读到这里，我已经暗暗下定决心，以后决不会一个人去扫墓。无论如何，我都不想一个人面对父亲的墓地，绝不。

说实话，父亲缺席的成长经历并不是很可怕。真正可怕的是，已经去世的父亲突然从墓地里跳出来，对你开口说话，还是滔滔不绝的长篇大论。如果他能为儿子

橙色女孩

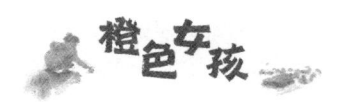

提供平静安稳的生活，当然最好不过。不过父亲已经明确表示，他会像"幽灵"一样突然出现在我面前。

我的手心汗津津、湿漉漉的。我有责任读完这封信。父亲给未来写了一封信，这或许是件好事，或许是件坏事。而现在下结论似乎为时过早。

在我看来，父亲可真是个可笑的怪咖。十九岁的他，在二十世纪七十年代末的一个深秋，因为在开往弗鲁格纳公园的有轨电车上，遇见了一个怀抱一大袋橙子的女孩，就开始天马行空地胡思乱想，这未免有些小题大做。成年男女的邂逅又不是什么新鲜事。这套把戏在亚当、夏娃的时候就有了。

可是，父亲为什么不干脆坦白，自己爱上了她？父亲肯定心知肚明，毕竟他一直在留意那个橙色女孩，最后为了那一袋橙子挺身而出，甚至还伸手搂住了她的腰。没准儿他还在暗暗期待，和对方共舞一曲橙子华尔兹呢。

换作是小男孩和小女孩，他们会拉扯对方的头发，甚至向对方身上扔雪球。不过我相信，一个人长到十八九岁，应该会做出更理性的选择。

不过话说回来，现在我才读了故事的开头。或许，这个橙色女孩，没准儿还真藏着什么不为人知的秘密。若非如此，父亲绝不会围绕她洋洋洒洒写了这么长的一封信。父亲病了，他知道自己将不久于人世。因此，他所写的一切对他而言都意义非凡，或许对我而言，也有

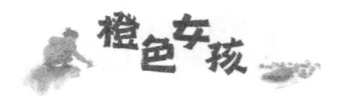

着同样深远的意义。

我一口喝完剩下的可乐,接着往下读。

我还会再次见到那个橙色女孩吗?或许不会了。她说不定住在另一座城市,只是在奥斯陆短暂逗留而已。

现在,我每次去市中心,看见开往弗鲁格纳公园的有轨电车时,都会把所有车窗扫视一遍——说不定橙色女孩就在熙攘的乘客之中呢?我不断重复这一举动,仿佛这已经成为自然而然的习惯,然而,我再没见过她的身影。

傍晚散步的时候,我总会有意无意地往弗鲁格纳的方向走。每当在大街上看见黄色或橙色的衣服时,我的心就一阵狂跳,期待着和她重逢的情形。然而希望越大,失望也就越大。

日子就这样一天一天、一周一周地过去。一个星期一的上午,我去卡尔·约翰大道的一家咖啡馆喝咖啡,我经常在那里和我的几个同学碰头。我推开门,刚一进去,心就狂跳起来,吓得我往后退了半步——橙色女孩赫然出现在那里!我敢肯定,她以前从没来过——确切地说,我每次光顾的时候,都没有见过她。而现在,她正坐在咖啡馆的角落里,喝着茶,翻阅一本有彩色插图的画册。这仿佛是上天冥冥之中的安排,让我在今天的此时此刻出现在咖啡馆,和她再度重逢。她依然穿着那

橙色女孩

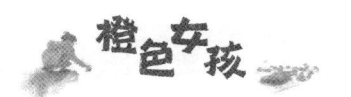

件橙色的旧滑雪服。现在,你听好了,乔治。或许你觉得难以置信,但这是千真万确的——她和小咖啡桌之间的空隙里放着一只大大的纸袋,里面塞满了圆滚滚的橙子。

让我把当时的情况梳理一遍:我再次见到了橙色女孩,她还是穿着那件橙色的旧滑雪服,手里还是抱着一大袋橙子。这幅画面太不真实,仿佛海市蜃楼一般。从那一时刻开始,那些橙子成为谜团的真正内核,而我必须为这个谜团找到合理的解释。我所看见的是真实的橙子吗?还是橙色的太阳所折射出的光芒?那光芒太过耀眼,让我很想揉揉眼睛看个清楚。从某种意义上说,那些橙子的色泽比我之前所见过的任何橙子都要灿烂。我相信,我甚至可以透过它们的表皮看见其中丰沛甜美的橙汁。总而言之,它们绝不是普普通通的橙子。

我几乎是蹑手蹑脚地溜进了咖啡馆,在距离她两三米远的地方悄然坐下。在决定采取下一步行动之前,我只想静静地注视她,享受那种难以言说的感觉。

我暗想,她应该没有注意到我。但突然间,她的目光离开了画册,投向我的眼睛。她就这样和我对视了许久,因为她已经察觉到我正在打量她。她冲我微微一笑,那笑容是如此温暖。你知道吗,乔治,那笑容足以融化整个世界。我可以想象到,地球上的一切战争和敌意,都会因为那份暖意而终结,或者至少能停歇一段时间。

橙色女孩

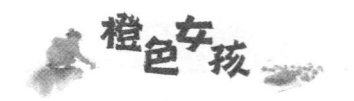

此刻的我已别无选择。我必须走上前去，和她搭话。我绕过好几张桌子，在她身旁的座位坐下来。虽然我表现得有点儿别扭和失态，但她的态度自始至终都很自然。莫非她已经认出，我就是电车上那个笨拙冒失的男孩？

我们默默无言地凝视着对方，她似乎并不打算立刻开口和我说话。她只是久久地注视着我的眼睛，至少持续了一分钟之久。而此时，我的目光也不再躲闪。突然我发现，她的眼眸微微颤动了一下，似乎在问：你还记得我吗？或是说：难道你已经不记得我了吗？

总该说点什么打破僵局吧，可我却陷入了深深的迷茫。我呆呆地坐着，做不出任何的表情或动作，脑海里却遐想联翩：我们曾是两只勇敢的小松鼠，无忧无虑地生活在一片小树林里。她喜欢和我捉迷藏。为了找到她，我不得不在枝头跳上跳下，东奔西跑。可每次我刚刚捕捉到她的身影时，她又会立刻跳离那个藏身之处，另找一个地方躲起来。为此，我必须在她身后不断追赶。直到有一天，我突然想，我也可以藏起来呀！那样一来，我们两个的角色就对调了，换她来蹦蹦跳跳地找我。我可以藏在大树上面，也可以躲在树桩后面，然后偷偷欣赏她四处找寻我的模样。或许，她会感到一丝恐惧——从此失去我的恐惧。

这时，童话般的一幕发生了——和树林里的两只小松鼠无关，而是真真切切，发生在卡尔·约翰大道的咖

橙色女孩

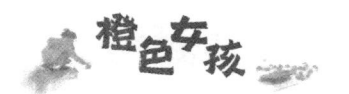

啡馆里的真实场景。

我的左手一直放在咖啡桌上，而她冷不丁地将右手放在了我的左手上。她用左手把书搁在橙子上面，然后稳稳地托住那只大纸袋，似乎担心我再次把它撞翻在地，或是一把抢走。

此时此刻，我已经不再害羞和紧张，我感到一股温暖安定的力量从她的指尖传递到我内心深处。我想，她应该拥有某种超自然的力量，而且一定和那些橙子有关。我只是想不明白，其中的关联究竟是如何实现的。

这是一个谜，我想，一个美妙的、超凡脱俗的谜！

我觉得自己无法继续保持沉默，总要有人先开口。或许，这是个错误的想法；或许这么做，会违背橙色女孩默许的某种规则。但我顾不了这么多了。我深深凝视着她的眼睛，开口说道："你是一只小松鼠！"

听了我的话，她的笑容变得格外甜美，她温柔地握着我的手。然后，她突然松开手，猛地一起身，抱着那只装满橙子的巨大纸袋出门，走上了大街。就在她转身的一刹那，我惊觉，她的双眼泛着泪光。

顿时，我浑身瘫软，说不出话来。就在几秒钟之前，她还坐在我的旁边，温柔地握着我的手。而此时此刻，她已经消失得无影无踪。如果没有那么多橙子的话，她或许会冲我挥挥手。但那时，她需要用两只手紧紧抱住大纸袋，因此，挥手显然是不可能的。而且更关键的是，

橙色女孩

她哭了。

我并没有追出去,乔治。我想那样做或许会破坏她生活中的某种"规则"。我在感到筋疲力尽的同时,又有种前所未有的满足感。我已经体验过谜一样的美妙,这份精神食粮足以支撑我挨过未来几个月的思念之苦。我相信,我们还会再见面。我被一种无比强大的力量驱使着,引导着,而对于这种力量的事实依据,我却给不出任何合理的解释。

她仿佛来自另一个世界,一个美妙的童话王国,从童话里一脚踏入我们的现实世界。我不禁好奇,她为何要降临人间?或许,她有重要的任务在身,又或许,她是来拯救我们的,将我们从"平庸而琐碎的日常"中拯救出来。以前我总怀疑使命的概念,我只相信肉眼所见的事实。可现在我相信,这个世界上存在着两种人,橙色女孩属于其中一种,而我属于另一种。

可是,她的双眼为何泛着泪光?她为什么会哭?

抛开这些疑问,我还有些别的想法——或许她是个未卜先知的预言家。不然,她在注视一个陌生男孩的时候,为什么会莫名其妙哭起来?难道说,她已经预见到未来即将发生的一幕,包括我所不能逃避的悲惨命运?

当时的我,为何会产生这些复杂而纷乱的思绪?这是个好问题。很多时候,幻想的力量能够轻易地将我引向未知世界。但客观地说,无论是过去还是现在,我都

橙色女孩

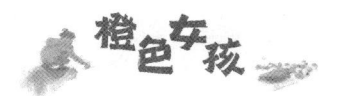

是个理性而冷静的人。

故事发展到这一阶段的时候,我必须做个简短的梳理。不过我保证,这种情况并不会经常发生。

在电车车厢里,一个男孩和一个女孩偷偷地观察着对方。虽然他们已经不是小孩子了,但也算不上非常成熟。他们素未谋面。随着电车的颠簸,几分钟后,这个男孩确信女孩怀里抱着的一大纸袋橙子肯定会滚落到地上。于是他立刻采取行动,结果却酿成了极其悲惨的意外后果——橙子滚得满地都是。他被女孩冠上了"惹祸精"的称谓。等电车到了下一站,女孩随手拿了一只橙子就下了车,男孩只能狼狈地点点头,于是这件事不了了之。几个星期后,在一家咖啡馆里,两个年轻人再度相遇。女孩和上次一样抱着一只装满橙子的大纸袋,坐在咖啡桌边看书。男孩走到她旁边坐下来,两个人对视了有足足一分钟之久。这一幕听起来似乎像是俗套的电影桥段,但在那六十秒的时间里,他们始终直视着对方的眼睛,似乎洞穿了彼此的内心。她的目光里盈满了他的眼神,他的瞳孔里反射出她的凝视。她抚摸了他的手,他管她叫小松鼠。这时,她以果决的姿态站起身,抱着装满橙子的大纸袋,一言不发地走出咖啡馆。在她回头的一瞬间,男孩在她眼睛里看见了泪水。

男孩和女孩之间,统共有过如下几句对话:

橙色女孩

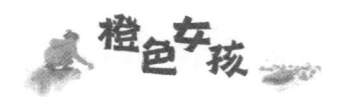

她说:"你这个惹祸精!"她又说:"能给我一只橙子吗?"他说:"对不起,真对不起。"最后他说:"你是一只小松鼠!"

如我之前所说,到此为止,整个故事像是一部音效匮乏的默片。而给人想象的留白则成为一个巨大的谜团。

乔治,你能破解这个谜团吗?我做不到,因为我本身就是这个谜团的一部分。

现在,我被彻底绕糊涂了。在父亲的故事里,橙色女孩先后两次抱着装满橙子的大纸袋,出现在父亲面前,这本身已经够玄妙的了。而且,她默默握住父亲的手,深情地凝视着他的眼睛,然后却突然站起来,哭着走出咖啡馆。这是多么反常的行为,换句话说,她这么做一定会引起路人侧目。

我突然在想,父亲是不是产生了精神方面的幻觉?

或许,橙色女孩只是父亲脑海中一厢情愿的幻象。许多人言之凿凿地宣称,自己目睹过尼斯湖水怪或挪威的海怪。我没办法证明他们是在说谎,但他们肉眼所见到的画面,很可能是脑海中臆想的投射。如果父亲突然说,自己见到橙色女孩坐着狗拉雪橇经过卡尔·约翰大道的咖啡馆,那我不得不说,父亲所要表达的真正内容是,他曾因一些鸡毛蒜皮的小事而神经紧张,短暂地失去了理智。即使原生家庭再完美,也不能完全避免出现

这种情况。不过我听说，有些人会依靠服用药物解决困扰。

在橙色女孩这个故事里，主角到底是一个虚构的幻象，还是一个有血有肉的真实人物，似乎已经不重要了。因为有些事情是确凿无疑的：橙色女孩让我父亲魂不守舍。但当他找到机会，终于可以开口的时候，他说的却是："你是一只小松鼠！"这也太让人失望了吧。虽然父亲解释说，他当时陷入了深深的茫然，可无论如何也不该冒出这一句吧。父亲，这个谜团我实在无法破解。

我并不觉得自己一定比父亲更聪明，更有智慧。我必须承认，面对自己心仪的女孩，坦陈自己的心迹，的确是件困难重重的事，尤其还是在一见钟情的前提下。

之前我提到过，自己在学钢琴。虽然我不是钢琴大师，但贝多芬的《月光奏鸣曲》的第一乐章，我还是能够准确无误地弹奏出来。我坐在钢琴前演奏这段旋律的时候，会在恍惚间觉得自己正坐在月球上，面前摆放着一架巨大的三角钢琴。月亮、钢琴和我，此时正围绕地球而转。我会情不自禁地想，整个太阳系都能听见我演奏的琴声，或许在冥王星上会有些模糊，但在土星上肯定听得一清二楚。

现在，我已经开始练习《月光奏鸣曲》的第二乐章（小快板）。这部分的难度明显有所增加。钢琴老师做示范的时候，乐章堪称优美动听。不知为何，这段旋律总让

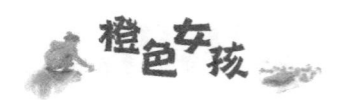

我联想到购物中心里那些机械娃娃,在台阶上跳上跳下。

《月光奏鸣曲》的第三乐章则着实令我头痛。不只是它难弹的问题,就我个人的感受而言,它还相当难听。第一乐章(和缓的慢板)优美婉转,或许还有些忧郁的色彩,而第三乐章(激动的急板)则充满威胁性。这么说吧,如果我乘坐着太空飞船,想要在某个星球上登陆,而那里恰好有个可怜的小矮人正在三角钢琴上敲敲打打,演奏《月光奏鸣曲》的第三乐章,我肯定立刻掉头逃离那个星球。可要是那个小家伙演奏的是第一乐章,我没准儿会考虑在那里小住几天。至少,我会对那个颇具音乐素养的星球产生浓厚的兴趣,也有兴趣和弹琴的小家伙搭讪,打听一下那里的情况。

有一次,我对钢琴老师说:"在贝多芬的心里,地狱和天堂同时存在。"老师看着我,眼睛瞪得滚圆,她不无欣喜地说:"你完全听懂了这首曲子!"然后,她告诉我一些趣闻逸事。《月光奏鸣曲》并不是贝多芬命名的,他本人给起的名字是"升 c 小调第十四钢琴奏鸣曲",副标题是"一支几乎是幻想的奏鸣曲"。我的钢琴老师认为,相比《月光奏鸣曲》这样优雅娴静的名字,旋律本身的气氛未免太紧张了。她说,匈牙利钢琴家李斯特·费伦茨形容第二乐章为"两个深渊之间的一朵花"。我看倒更像是"两场悲剧之间的一场滑稽木偶剧"。

我完全能够想象,面对某种"青睐",坦陈自己的

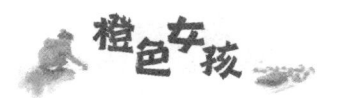

心迹，的确是件困难重重的事。我必须承认，我自己也有过类似的体验，就发生在音乐学院。

每个星期一的下午六点到七点，我都要去音乐学院上钢琴课。一个女孩的小提琴课也被安排在同一时间段。她可能比我小一两岁。我必须承认，我十分欣赏她。上课之前，我们一般会在休息室里等上五到十分钟，然后才进各自的教室。我们平时基本不说话，可就在几个星期以前，她突然问我，知不知道现在几点了。一星期后，她又问了一次。当时外面瓢泼大雨，于是我说了一句，雨那么大，她的小提琴盒都淋湿了。此外，我们就没再说过什么了。她问我的那两句话算不上正式的搭讪，而我也没有足够的自信主动和她攀谈。或许她觉得我不够高大魁梧，但也不排除这种可能：她只不过是和我一样腼腆。我并不知道她家的住址，只知道她叫伊莎贝尔——这是我从小提琴课的名单上查到的。

近来，为了上音乐课，我们去得更早了。上星期一，我们甚至在休息室等了十五分钟。不过，我们只是默默坐着等待课程开始。我们两个静悄悄的，就像池塘里的两尾小鱼。后来，我们分别进了各自的房间。有时候，我会幻想自己在弹奏《月光奏鸣曲》时，她突然闯进来，受到旋律的感染，情不自禁地拉起小提琴伴奏。这一幕当然没有发生，它不过是我脑海中产生的幻象罢了。而且正因为我从未亲眼见过她的那把小提琴，也没有亲耳

橙色女孩

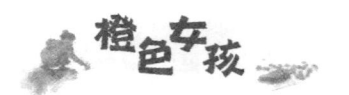

听过她的琴声，所以才会漫无边际地浮想联翩。而且从理论上说，也不排除这种可能性：她琴盒里装着的其实是一支竖笛，而她也不叫伊莎贝尔，而叫卡丽。

啰里啰唆地扯了这么多，我其实想说，假如那个女孩突然抓住我的手，凝视着我的眼睛，我也不知道该作何反应。假如她突然眼泛泪光，我一定也慌了神，手足无措。我只比当年的父亲小四岁，所以设身处地地思考一下，我能够理解对他而言，那种相遇无异于一种心灵震撼。他找不到合适的表达方式，只能说："你是一只小松鼠！"

父亲，相信我，我能够理解你。现在，请继续讲下去吧。

在那次短暂的重逢后，我对橙色女孩的寻觅，开始步入一个具有逻辑性和系统性的阶段。可一连许多天过去了，依然不见橙色女孩的踪影。

乔治，我不想向你赘述种种失败的尝试和经过，那实在太过冗长了。为了找到橙色女孩，我时常陷入冥思苦想，对线索逐条进行分析。有一天，我灵光一闪：前两次我遇见她的时候都是在星期一。我怎么没想到呢！还有那些橙子，那可是真正有价值的线索。它们是从哪儿买的呢？弗鲁格纳的超市里当然也卖橙子，可如果要挑选饱满多汁、价格实惠的橙子，人们又会去哪儿呢？

橙色女孩

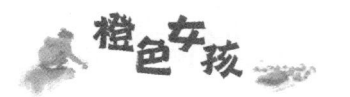

首选当然是农贸市场上的水果摊吧——比如青年广场，那里是整个奥斯陆最大的果蔬市场。如果一次要买好几千克橙子的话，果蔬市场是最理想的选购地点。假如橙色女孩想省下打车的钱，她自然会选择从青年广场坐电车回到位于弗鲁格纳的家。另外，我还注意到一个特别之处：棕色的纸袋。超市一般只提供塑料袋，只有在青年广场，人们才会用纸袋装各种果蔬——和橙色女孩手里抱的那种一模一样。

虽然这只是我众多推理中的一种，但接下来的三周时间里，每个星期一我都要去青年广场购买蔬菜、水果。老实说，作为一名大学生，这倒是一种值得推崇的生活方式。以前，我总是靠香肠沙拉这种速食产品填饱肚子，补充新鲜蔬果能够极大地提高我的饮食质量。

至于青年广场上琳琅满目的蔬菜、水果，乔治，我想我不需要多加描述，你只需要从我的视角体验就可以。我睁大眼睛，不断搜寻那位橙色女孩的身影。或许，她就站在某个蔬菜摊前；或许，她正为了十千克橙子，和小贩讨价还价；又或许，她刚买好了橙子，急匆匆地往家赶。总之，其他的一切都不重要，你只管留意那抹橙色即可。

你看见了吗，乔治？

第一次和第二次光顾，我都悻悻而归。但在第三个星期的星期一，我赫然发现，广场一角出现了一个橙色的身影。没错，一个穿橙色旧滑雪服的女孩站在水果摊

橙色女孩

前,正将橙子一只一只地装进棕色纸袋里。

我悄然穿过市场,很快就发现自己离她只有几米远。原来,她就是在这里买的橙子。我猜,自己神神秘秘的跟踪没准儿会吓她一跳。我感到自己的膝盖阵阵发软,几乎随时要瘫倒在地上。

橙色女孩的纸袋还没装满,因为她买东西的方式实在是太特别了。她把橙子一只一只地挑出来,花了很长时间去检查橙子的外观和品质,然后,要么把它放进大纸袋,要么放回原处。她挑了多久,我就站着看了多久。现在我终于能明白,她之所以不去弗鲁格纳地区的超市,是因为青年广场水果摊上的橙子明显更多更好。

我从没见过哪一个人如此苛刻地选购橙子。眼见为实,我自然而然地得出一个结论:橙色女孩一次买这么多橙子,绝不是为了榨橙汁。可除了榨汁,她还能用这些橙子做什么呢?乔治,你有什么看法吗?你能想象,对于每一只橙子,她都要花上一分钟的时间决定它的去留吗?

针对这个问题,我有一种解释:橙色女孩在教会下属的幼儿园里工作,那里的每个孩子每天都能得到一只橙子。由于如今的大多数孩子都具备高度发达的"平等意识",所以橙色女孩在购买橙子的时候,必须精挑细选、保证公平,也就是说,每一只橙子都必须同样大小、同样圆润、同样色泽饱满。所以,挑选过程也就格外漫长。

橙色女孩

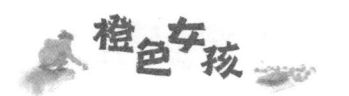

在我看来，这个推理的可信度相当之高。同时，我又不免陷入焦虑。幼儿园的工作人员里，应该也不缺乏仪表堂堂的小伙子吧。不过乔治，因为我和她当时只隔着两三米，所以在近距离观察之下，我很快就推翻了原有的想法。显然，橙色女孩在尽量挑选那些与众不同的橙子——无论在体积、形状，还是色泽方面，它们都和大多数橙子有着明显差别。另外我还注意到一个小细节：一些橙子还带着叶片。

我如释重负，总算不必考虑那几个令人窒息的小伙子了。不过，这也是唯一值得高兴的事。橙色女孩仍然是一个谜团。

这时，她的纸袋装满了。橙色女孩付完钱，朝着主街的方向走去。我不远不近地跟在她后面，打算等上了开往弗鲁格纳公园的电车，再引起她的注意。然而很快，我就意识到自己的判断出现了严重失误。她并没有搭乘有轨电车，而是在车站附近停了下来，然后钻进一辆白色的丰田汽车。汽车的驾驶座上坐着一个男人。

在当时的情况下，我显然不能冲到她身边。我很清楚，自己不想认识车里的那个男人。就在我思忖的时候，白色丰田拐过街角，消失在我的视野里。

不过乔治，在这段时间里，我还有一个重要的细节要告诉你：橙色女孩抱着大纸袋上车的时候，突然回头看了我一眼。至于她是否认出了我，我不得而知。我只

橙色女孩

能确定一个事实：她坐上白色丰田汽车的同时，也看了我一眼。

这个幸运的男人是谁呢？我不知道。他多大年纪？没准儿是她的父亲，没准儿是……你知道我在想什么。他会不会是幼儿园的帅小伙子之一？应该不太可能，他开的是一辆丰田汽车。他也许是一位年轻的爸爸，就是那个叫兰维格的婴儿的生父。当然，还有另一种可能：驾驶白色丰田的男人计划和橙色女孩一起穿越格陵兰冰原。渐渐地，这个男人在我脑海中的形象变得清晰而立体，在那幅画面里，有橙色女孩，有破冰斧，有露营的睡袋，有各种方便食品。我还看见了帐篷，橙色女孩用的是黄色帐篷。当然还有狗拉雪橇——一共有八条因纽特犬。

可当时，我就站在他们面前，他们不应该对我视若无睹，也不该逃避我的目光。我眼前仿佛在播放一部完整的电影：他们两人正乘坐雪橇穿越无边无际的格陵兰冰原。女孩美丽无邪，宛如冰雪女神，而男孩则相貌丑陋，眼神不善。他仿佛是冰原下深不见底的冰窟，女孩随时可能坠落其间。（假如女孩果真失足跌落，男孩会救她吗？还是假模假样地努力几下，其实已经心知肚明自己这辈子都不会再见到她？）他具有一种原始的、野蛮的力量，可以不费吹灰之力杀死一头北极熊。那么在这种情况下，就存在这样的可能：这个野蛮的人完全有可能伤害到女

橙色女孩

孩。格陵兰冰原是远离现代社会的偏僻之地，况且，又有谁会看见她呢？对于这个问题，我想我可以给出答案，乔治。那就是我，只有我。我会用最锐利的目光，护送她完成整个冒险之旅，所有关于她的点滴细节，我都会关注。傍晚之前，我就为那八条拉雪橇的因纽特犬想好了名字；晚饭过后，我已经开好一张完整的清单，上面列出了女孩露营所需的所有装备和物品。她的随身行李总共有二百四十千克，里面应该包括一瓶洗发液和一瓶烈酒——如果她能顺利抵达世界上最北端的城镇肖拉帕卢克或卡纳克，绝对值得喝酒庆祝一番。

第二天早上，我焦躁紧绷的神经总算放松下来。毕竟，绝不会有人在十二月乘雪橇穿越格陵兰。就算是探险队，在十二月也应该是驾驶破冰船向南极进发。再说了，他们也不会来奥斯陆买橙子，而应该去智利或南非筹备物资。甚至，我都不能肯定，他们是否真的有必要带上橙子。那些深入南极圈的探险家，每天都必须摄入大量卡路里，应该不需要额外补充维生素了。再说，谁会戴着厚厚的滑雪手套，费劲地剥开一只只冻成石头的橙子？如果橙子的作用是提供水分的话——橙子里百分之八十都是水分，那么别忘了，南极的冰川就是最大的淡水资源库，带橙子去南极解渴未免有些多余。

我在心里默念着，亲爱的橙色女孩，你是谁？你从哪里来？现在，你又在哪里？

橙色女孩

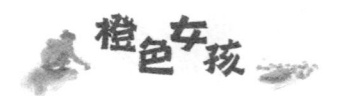

妈妈又在外面敲门。"乔治,你还好吗?"她问。

"很好!"我答道,"别打扰我!"

妈妈沉默了两秒钟,然后说:"我觉得,你这样把自己关在房间里不好。"

我说:"如果偶尔用用都不行,那要门锁干什么呢?人毕竟还得有点儿私人空间。"

妈妈显然有点儿恼火,我很少这么顶撞她。她尽量耐着性子说:"乔治,你怎么像个小孩子一样意气用事?总之,你不该把自己反锁在房间里。"

"我已经十五岁了,妈妈。"我说,"要说有谁意气用事,那也是你。"

我能听见妈妈的呼吸急促起来。接着,门外的一切又恢复沉寂。

当然,我并没有告诉妈妈关于橙色女孩的事。我有种强烈的直觉,父亲向我透露的这一切,他自己从未告诉过妈妈。不然,我肯定早就从妈妈那里有所耳闻。而且,父亲也就不必把自己弥留之际的宝贵时光,浪费在这封信上。或许,他在年轻时有过某些非同寻常的经历,并希望将这些经验传授给儿子,也就是所谓的"口授心传"。无论如何,我相信他还有一些重要的事情没有说。

到目前为止,父亲只是提过哈勃空间望远镜的事。可惜他不会知道,相比同龄人而言,我在这方面的知识

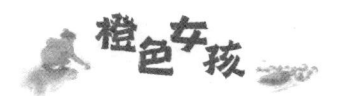

堪称渊博。

之前我提到的家庭作业，还有个特别之处：老师要求我在全班同学面前进行汇报。我必须向大家一张张地展示图片并进行解释。老师当然是出于好意，但下课后，一些同学已经开始叫我"小爱因斯坦"。这么叫我的一般是女孩子，她们平时也尝试各种化妆品。当然，我相信她们尝试的领域并不仅限于此。

我个人并不反感化妆品。只不过，一想到我们置身于宇宙中的同一个星球之上，我就觉得这事妙不可言。为什么会有宇宙这种东西存在呢？会不会有这么一种女孩，眼里只有口红或睫毛膏，对于头顶上浩瀚无际的宇宙却视若无睹？诚然，有不少毛头小子，除了足球以外什么都看不见，甚至连夕阳西下的地平线都看不见。无论如何，从一只小小的化妆镜联想到一台大大的望远镜，不能不说其中的差异相当巨大，我将此称为"思维的飞跃"，或者用更通俗的方式说，是"哇哦之体验"。这种"哇哦之体验"，任何时候都会给人以耳目一新的惊艳感。可惜，很多人终其一生都认识不到，在我们所生活的穹幕之下，我们的执念是如此渺小，微不足道。人们对外表的追求往往会成为一种负累。

人类是属于地球的，这个事实不容置疑。我们是大自然的一部分。这么多年以来，人类从灵长类动物，甚至从爬行动物身上不断学习繁衍生息的经验。其他的星

橙色女孩

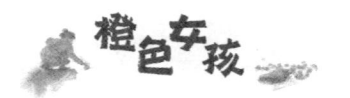

球或许有着和地球截然不同的生活环境，但我们只存在于地球之上。我再强调一遍，我对此深信不疑。我只是想说，我们不该只满足于鼻尖周围的视野，而应该让目光变得更开阔一些。

顾名思义，"望远镜"的作用是观看到远处的东西。可是，这个关于"橙色女孩"的故事，真的和望远镜息息相关吗？

人类在太空中架设望远镜，目的并不在于无限地靠近其他星球，近距离地观察它们。这和我们踮起脚，就以为自己能看清月亮表面的环形山一样可笑。我们不妨将太空望远镜看作是存在于地球大气层外的观测点，以此对太空进行更为细致的研究。

很多人相信，天空中的星星闪烁个不停，其实不然。星星"闪烁"这一假象，不过是由于大气层的不稳定。这就好比，波光粼粼的水面往往会让人产生错觉，误以为水底的石头在摇曳晃动一样。或者反过来说，如果从游泳池底往水面看，就很难分辨清楚游泳池边移动的物体。

要想获得真正清晰的宇宙图片，地球表面架设的那些望远镜都难以完成，唯独哈勃空间望远镜能够满足这一要求。因此，相比地球上的望远镜，哈勃空间望远镜能告诉我们更多关于宇宙的故事。

橙色女孩

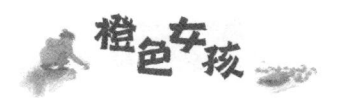

一些人的眼睛深受近视困扰,仅靠裸眼视力,他们无法分辨牛和马,看不出河马和眼镜蛇的差别,这些人就需要佩戴眼镜。

我之前提到过,在哈勃空间望远镜成功发射后不久,人们就发现它的主镜存在球面像差,严重影响了照片的清晰度。1993年12月,奋进号宇宙飞船的宇航员进入太空,修正了这一瑕疵。事实上,他们并未对哈勃空间望远镜主镜本身进行任何维修工作,而只是给它佩戴了一副"眼镜"而已。这副"眼镜"由十个镜片构成,英文简称"COSTAR",即"空间望远镜光轴补偿校正光学"。

可我仍然很疑惑,哈勃空间望远镜为何会和"橙色女孩"扯上关系。当然现在,也就是在我写下这些文字的时候,我已经豁然开朗,因为我早已读完了父亲在临终前写下的这封长信——而且至少读了四遍。但在这里,我还不想泄露太多秘密。

请继续往下说吧,父亲。请你将故事的一切都原原本本地告诉读者。

我再次见到橙色女孩的时候,是那年圣诞节,对,就是平安夜当天。而且这一次,我和她真真正正地说上了话,虽然只聊了几句。

那时,我和一个名叫贡纳尔的同学在挪威郊区亚当斯图恩的一幢房子里合租。圣诞前夕,我回到胡姆勒大

橙色女孩

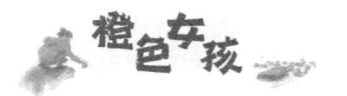

街和家人团聚。家中除了父亲母亲外,还有我的弟弟,也就是你的叔叔埃纳尔,他比我小四岁,正在上初三。后来又过了好多年,你的爷爷奶奶才搬去滕斯贝格。

本来,我几乎已经放弃了希望,以为这辈子再也见不到橙色女孩了。再说,白色丰田汽车里的那个人也让我有很不好的感觉。但在返回胡姆勒大街的家之前,我突发奇想,打算破例去教堂做一次礼拜。我的脑海里全都是橙色女孩的神秘身影。我想我大概是疯了,所以才会冥顽不灵地相信,她不会选择和朋友共度圣诞节,而会去教堂做礼拜。("朋友"又会是哪个人呢?或者说,是哪些人呢?)总之,最后我得出了一个结论:在奥斯陆主教堂遇见她的可能性是最大的。

我必须再次强调,在关于橙色女孩的这个故事里,没有任何一句话是凭空捏造的。我不需要依靠虚构的方式提高故事的精彩程度。乔治,我是不会撒谎的,撒谎并不解决问题。但从另一个方面来说,我也不会把所有事实向你和盘托出。谁会像我一样,不厌其烦地做些无用功呢?

为了再次见到橙色女孩,我经历过的失败不计其数。我花了无数时间,找遍了弗鲁格纳地区的边边角角。不过,我并不想耗费太多笔墨,详细描述整个过程,不然,整个故事难免变得冗杂拖沓,了无生趣。简单说吧,一个星期里,我至少有四天会在弗鲁格纳公园一带散步。

橙色女孩

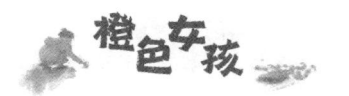

我满心期待会在桥上，在露天咖啡座里，或是在一块大石头后面瞥见她的身影，然而这些都没有发生。我也会去电影院，希望来一场不期而遇。很多时候，我根本没有专心看电影，直到电影结束，大银幕上播放演职员表，橙色女孩依然不见踪影，我才悻悻退场。还有几次，我甚至连买两场电影票，为的是多逗留一会儿。根据我的猜测，她应该会偏爱某一类型的电影，所以它们上映的时候，我会特别留意。其中就包括剧情片《转折点》和文艺片《编织的女孩》。算了，就此打住吧，再说下去又是洋洋洒洒一大篇。

  要知道，乔治，整个故事里，你只需要抓住一个重点，那就是我和神秘的橙色女孩真正相遇的次数。因此，连篇累牍地复述我种种无功而返的经历，实在毫无意义。就好比说，人们并不会关心那些没有中奖的彩民。你不妨想想，自己在报纸杂志上，读到过他们的故事吗？见到橙色女孩和中彩票大奖其实是一个道理。如果我们把每周卖出去的彩票收集起来，那么总共会有多少张呢？它们会不会装满一整个体育馆？然后，像变魔术一样，一整个体育馆的彩票唰地一下不见了，这些彩民背后的故事也随之消失，报纸上只会刊登出中奖彩民的报道。

  我们正在追寻橙色女孩的踪迹，我们走的每一步都在追随她的脚步。橙色女孩是这个故事唯一的主角，其他人的存在都不重要。这么说吧，我们可以把除了她以

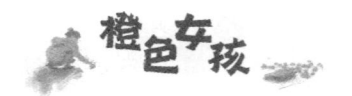

外，整座城市的人统统划掉。就这么简单。

刚走进奥斯陆主教堂的时候，我并没有看见她。然后，管风琴奏响了一支巴赫的前奏曲，那一瞬间，我一眼就看见了她。我整个人僵在原地，紧张得浑身燥热。

橙色女孩就坐在教堂中间走道的另一侧。我对自己说，那一定就是她。在礼拜仪式进行的过程中，她还回头看了一下唱诗班，此时他们正在唱圣诞歌。她并没有穿那件橙色的滑雪服，怀里也没有抱着装满橙子的大纸袋。毕竟是圣诞节嘛。她身穿一件黑色的大衣，头发用银色发夹紧紧束在脑后。那枚银色发夹很可能出自七个小矮人之手——他们承担着拯救白雪公主的神圣使命。

不过，她是和谁一起来的呢？她的右手边坐着一个男人，但在整个礼拜过程中，他们都没交谈过。反而是礼拜结束的时候，我看见那个男人侧了侧身子，转向自己右手边的一位女士，和她窃窃私语起来。在我看来，那一举动是多么绅士和优雅啊。他当然可以转向任何一侧，向左转向右转都是他的自由。然而他选择了正确的方向——他凑到右手边的女士耳边说起了悄悄话。那一刻，我突然有种莫名的自豪感，仿佛整座教堂里，我是唯一能够控制他行动的人。

坐在橙色女孩左手边的是一位身材丰满，上了年纪的太太。没有什么迹象可以表明她和橙色女孩相识。或

橙色女孩

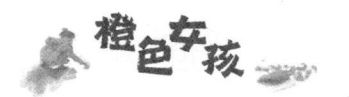

许她就在青年广场的水果摊卖橙子,因为觉得橙色女孩亲切而和气,所以邀请她一起来教堂做礼拜。就买橙子这件事来说,橙色女孩一定是忠实的优质顾客,自然能得到不少优惠折扣。如果每千克橙子卖七克朗的话,给橙色女孩的应该可以按照每千克六点五克朗来算——虽然她至少要挑上大半个小时。

牧师到底说了些什么,我一个字都没听进去,但我完全能够想象出来。在这个特殊的日子里,毕竟没有比那些更合适的内容了。虽然都是些对小孩子说的车轱辘话,但是听起来也应该会格外温馨。我耐着性子坚持到了最后,管风琴奏响了终曲,大家纷纷从长椅上站起来。而我必须睁大眼睛,千万不能让橙色女孩再次离开我的视线。她从我的座位旁边经过,头微微动了一下。我不清楚她是否注意到了我,但她确实是一个人来的,比我印象中的更加美丽动人,仿佛所有的圣诞光芒都汇聚在她的身上。

哈哈!只有我一个人才能看清眼前的这位女孩。她是名副其实的橙色女孩,她身上隐藏的秘密开始浮出水面。她或许来自一个童话王国,那里的规矩和我们所在的现实世界截然不同,她以间谍的身份潜入人群。然而此时此刻,在奥斯陆主教堂,她和我们之中的每一个人并无二致,一起庆祝圣诞。这一举动无疑令人感动。

我跟着她出了教堂。教堂外,人们彼此问候和拥抱,

橙色女孩

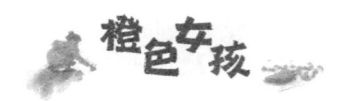

互致祝福。但我的目光始终没有离开橙色女孩颈后的那枚银色发夹。在整个世界里,有且只有一个橙色女孩,她从另一种现实进入我所在的生活,这是不容更改的事实。橙色女孩朝格连森大街的方向走去,我就在她身后几米远的地方。漫天飞舞的片片雪花落在她深色的头发上,随即消融开来。我想,她的头发应该已经被打湿了。真希望我有一把雨伞,哪怕一张报纸也好,能为她遮挡风雪。

我知道这些都是胡思乱想,但我也清楚,自己仍然清醒。可今天毕竟是平安夜,这一天,一切都拥有无限的可能,而橙色女孩漫步在奥斯陆的大街小巷。

就在快要接近王宫南路时,我紧走几步,赶到她前面,然后转身用轻松愉快的口吻说了句:"圣诞快乐!"

她似乎吓了一跳,或者说,她装出被吓了一跳的样子——是否如此,我也不清楚——然后她露出一抹耐人寻味的笑容。她看着完全不像间谍,更像是一个迷人的女孩。她冲我说道:"圣诞快乐!"

这一次,她脸上露出了真正的笑容。我们一起走了一段路。说实话,我没料到她并不反对和我同行。我不敢百分之百肯定,但我相信,她应该是喜欢当时的氛围的。这时,我看见两只橙子的轮廓,它们就藏在她黑色大衣的口袋里,同样饱满,同样圆润。我的心情突然变

橙色女孩

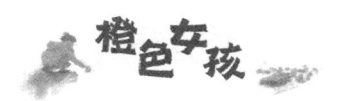

得紧张起来——这段时间以来,只要是橙子,就会让我感到不安。

我觉得自己有必要再说两句,不然,我们就只能再次擦身而过,时间已经不多了。但事实上,回顾我整个人生,我从未有过像当时那么充裕的时间。我分明感到,自己正处于时间之源,一步步走向时间的意义。我不自觉想起丹麦诗人皮特·海恩的名言:"一个人,如果无法活在当下,就不算真正活着。你呢?"

而我正活在当下。当然,在此之前,我从未真正活过。我的内心一阵激荡,几乎不假思索地脱口而出:"所以,你不是要去格陵兰?"

这句话简直蠢透了。她疑惑地眯起眼睛,说了一句:"可我根本不住那儿啊。"

这时,我猛然想起来,奥斯陆有一个街区就叫格陵兰。我尴尬得恨不得挖个地洞钻下去。不过我觉得,与其说一半,还不如彻彻底底地将其说个明白。于是我接着说:"我指的是去格陵兰冰原探险,有八只狗拉着雪橇,再带上十千克橙子那种。"

她笑了,还是没笑呢?

直到这时,我才意识到,或许她已经不记得我了。没准儿,在那辆开往弗鲁格纳公园的有轨电车上发生的尴尬一幕,她早已忘得一干二净。我突然陷入了极度的失望之中,仿佛连脚下的大地都轰然崩塌。但从另一个

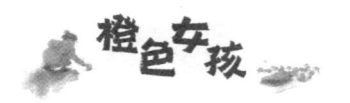

方面来说，这无疑是一种解脱。毕竟，撞翻橙子那场意外已经过去了整整两个月，而在那之前，我们素未谋面。更何况，我念念不忘的美丽意外也不过短短几秒而已。

可是，在卡尔·约翰大街的咖啡馆发生的事，她总应该记得吧。难道说，在咖啡馆里随意触碰陌生人的手，不过是她的一种习惯？这个念头让我心里十分别扭，我绝对没有赞许的意思。就算暗含了施舍的意味，她也可以换种方式表达吧？

"橙子？"她好奇地问道，笑容里充满了来自南方的暖意，仿佛来自撒哈拉沙漠的西洛可风。

"是啊，"我说，"要穿越格陵兰冰原，十千克橙子足够两个人路上吃了。"

她停下了脚步。我不知道，她是否还愿意继续聊下去，或者，她是否怀疑我在试探着邀请她前往格陵兰冰原冒险。然后，她抬起头，那对褐色的眼睛仿佛要看清我的内心。她问："那个人就是你，对吗？"

我点了点头，虽然我不太明白她到底在问什么——毕竟，见过她怀抱橙子的应该大有人在。她像是突然想起了什么，补充了一句："那次，在开往弗鲁格纳公园的电车上，你撞了我一下，对不对？"

我又点了点头。

"你可真是个惹祸精。"

我说："惹祸精为你损失的橙子郑重道歉。"

橙色女孩

大概是没料到我的反应,她笑得格外真诚,低着头说:"忘了这事吧,你当时还挺可爱的。"

对不起,乔治,我必须暂时打断一下。不过我还是要问你,能否帮我解开这个谜题?因为,你也许已经注意到了,这事有些蹊跷。在那段堪称尴尬的电车之旅中,橙色女孩打量我的目光中暗含着挑衅的意味,仿佛我是她的私人物品,是从熙攘人群中精心挑选出的猎物。甚至可以说,她在全世界的所有人中"找出"了我。然后过了一个星期,在咖啡馆里,她默许我坐在她的身旁,整整一分钟的时间里,我们两个凝视着彼此。接着,她主动握住我的手,那种美妙的感觉仿佛巫婆的魔药般令人着迷。在平安夜降临之际,我们一同漫步街头,穿越布满荆棘的道路。而让人不可思议的是,她竟然不记得我?!

当然,我们不应忽略一个事实:她来自童话王国,一个和我们所在世界迥然不同的地方。那里遵循着另一套生存法则。我们可以相信,这两个世界都是真实的,且同时存在。在其中一个世界里,有着太阳和月亮。另一个世界里则充满着让人费解的神秘力量。不过,通往童话王国的门已经被橙色女孩打开了。乔治,现在我们面前有两种可能。一种可能是:她对我有着十分深刻的印象,甚至可能记得我徘徊在青年广场上的一幕,但为

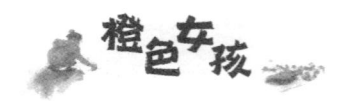

了掩饰心中的秘密,她刻意表现出一副健忘的模样。另一种可能则让人忐忑不安,你听好了:这个可怜的小女孩在健康方面出了问题。通俗点说,她的脑子不是特别好使,容易失忆。或许,那是小松鼠的典型特征。小松鼠并不会一直静止不动,它们一会儿跳到这里,一会儿蹦到那里。"一个人,如果无法活在当下,就不算真正活着。你呢?"生命旅程仿佛是一场活力四射的游戏,并没有为回忆和邂逅留出时间。它的每一分每一秒都是活在当下的最好见证。这就是橙色女孩来自的童话王国的生存法则。我突然想到,应该给这场冒险之旅起一个名字,就叫"请到我的梦里来"。

从另一方面说,乔治,自打那时起,我也会不时思考,我对她究竟产生了怎样的影响。我曾握过她的手,并且凝视着她的眼睛。当我们在奥斯陆主教堂再次重逢,并在礼拜结束后共同漫步时,我又做了什么呢?对,我说了"圣诞快乐!"当时我并没有说"好久不见"这类的客套话,也没有打听她日常生活中的琐事,而是问她是否要去格陵兰冰原探险,是否要携带十千克橙子,乘坐狗拉雪橇,穿越广袤而偏僻的冰天雪地。橙色女孩会怎么想?她大概会觉得我的大脑生病了吧。

不管怎么说,我们的言语彼此擦肩而过。我们在玩一个规则相当烦琐复杂的球类游戏,两个人不断地抛出小球,看着它飘浮在半空,却始终无法击中目标。

橙色女孩

就在这时,乔治,阿克斯路方向突然驶来一辆空载的出租车。橙色女孩伸出右手,拦下出租车,然后朝那边走去。

我不由得想起童话故事里的灰姑娘。在午夜钟声敲响十二下之前,她必须离开城堡,否则魔法就会失效。我想到那个可怜的王子,他只能孤零零地站在城堡的阳台上,他是那么孤单,那么孤单……

我本该猜到这个令人心碎的结局。随着平安夜的钟声响起,橙色女孩就不再能在大街小巷自由走动,必须回到家里。这是设定好的情节。如若不然,平安夜的钟声还有什么意义呢?它的存在,不就是解除橙色女孩的魔法吗?钟声已经敲了五下,很快,我就会失魂落魄地徘徊在王宫南路。

我飞快地思索着。我只有几秒钟时间做出决定,必须开口说点什么或是做点什么,好让橙色女孩永远记住我。

我可以问她,我们是否要去同一个方向。或者,我可以赶紧掏出一百克朗,补偿她那一袋橙子的损失。其中三十克朗算是我赔给她的精神损失费。当然我并不知道,她买橙子时有没有得到折扣。为了满足自己的好奇心,我或许可以问问为什么她总是抱着一大袋橙子走来走去。不,抱着一大纸袋橙子并不是一件稀罕事。那就

橙色女孩

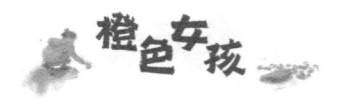

这么问吧,为什么她总是选择橙子,而不是苹果或香蕉。

在短暂的几秒钟内,我的脑海中掠过无数幻想中的画面:格陵兰冰原的冒险之旅、住在弗鲁格纳地区的大家庭、商学院的迎新舞会、派对上的橙子布丁,以及名叫兰维格的婴儿躺在身材魁梧的年轻父亲怀中。这位父亲刚刚大学毕业,不久前刚被健身俱乐部推选为轮值主席。这一次,我实在无法说服自己让思绪继续漫游到幼儿园去——小孩子实在是太吵闹了。

乔治,我找不到合适的文字来形容自己此刻的感受。面对种种纷杂的可能性,我只觉得时间紧迫,必须说点什么,做点什么。在她即将上车的一瞬间,我对她说了一句话。确切地说,我冲她大声喊道:"我相信,我爱你!"

这话是真的。可一说出口,我就后悔了。

出租车开走了,但橙色女孩并没有上车。她改变了主意,向我款款走来。她走路的姿态优雅而轻盈,似乎坚定的意志足以托起她的全部重量。然后,她自然而然地将手放进我的掌心,就好像在过去,我们一直手牵着手,再也不做别的事情。她冲我点点头,意思是,我们应该继续往前走。走着走着,她抬起头对我说:"如果再有出租车来的话,我就真的要走了。我约了人。"

是啊,她约了人。我又不免胡思乱想,大概是年轻英俊的"超人"丈夫和襁褓中的小婴儿在等她回家吧。要么就是她的母亲和父亲在等她,她的父亲一定是一位

橙色女孩

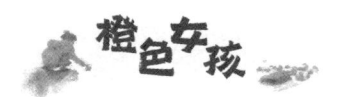

牧师——没准儿就是在奥斯陆主教堂主持礼拜的那一位。家里除了四个姐妹和两个兄弟外，还有一条小狗。小狗还把小弟弟弄哭了——对了，小弟弟的名字肯定是彼得。或者，等着她的是前往北极探险的急性子伙伴，他会为她戴好手套，还会准备所有行囊，包括热水瓶、餐具、蜡烛，以及因纽特语—丹麦语双解词典。当然，今天晚上，橙色女孩既不会去大学参加派对，也不用去幼儿园上班。

"圣诞的钟声就要敲响了，"我说，"钟声一响，你就不能留在城里了，对吗？"

她没有回答，只是温柔而坚定地握紧了我的手。我们仿佛挣脱了重力，飘荡于宇宙之中，也仿佛沐浴了整个银河的光芒。我知道，此刻的宇宙专属我们二人。

此刻，我们走过历史博物馆，来到皇家公园。我很清楚，出租车随时会出现，我也知道，奥斯陆主教堂的圣诞钟声随时会敲响。

我停下前进的脚步，站在她的面前。我轻轻地抚摸着她湿润的头发，指尖滑过她颈后那枚银色的发夹。发夹冷冰冰的，但却令我感到温暖。我终于亲手抚摸到了它！这一刻无比真实。

然后，我问道："我们什么时候还能再见？"

她一动不动地站在原地，低头凝视着石子路，然后抬起头望着我。她的眼神闪烁不定，双唇微微颤抖。接着，她抛给我一个问题——一个令我绞尽脑汁的问题。她问

橙色女孩

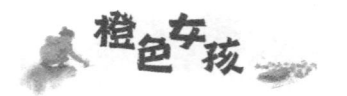

道："你能等多久？"

我该如何回答这个问题呢，乔治？它会不会是橙色女孩设下的一个陷阱？如果我说"两三天"的话，就显得我太没有耐心了。可要是我说"一辈子"，她就会怀疑我不是出自真心，或者说，我为人不够诚实。所以，我必须找出一个折中的答案。

于是我说："我愿意等下去，直到我的心因煎熬而滴血。"

她不置可否地微笑了一下，然后将手指放在我的嘴唇上，追问道："那是多久？"

我绝望地摇了摇头，决定说出自己的真心话："可能只有五分钟！"

她显然对这个答案很满意，但还是小声说道："要是你能再等久一点儿该多好……"

现在，我必须从她那里得到一个明确的答案。于是我问她："久一点儿是多久？"

"你必须等我半年，"她说，"如果你做得到，我们就能再次见面。"

我几乎用哀求的口吻说："为什么要那么久？"

橙色女孩露出不悦的神色，似乎已经下定决心。她说："没有为什么，这就是你必须等待的时间。"

我整个人因为失望而濒临崩溃。大概是看到我这副惨兮兮的模样，她补充了一句："如果你能坚持过半年，

橙色女孩

那么我们在之后的半年里,每天都能见面。"

这时,教堂的钟声响了起来,我的手也抽离了她潮湿的头发和银色的发夹。维格兰大街的转角处驶来一辆空载的出租车——我对这一结果并不意外。

她凝视着我的眼睛,无助的眼神似乎在诉说着恳求,她恳求我理解,恳求我动用所有的智慧,理解她不得已的决定。她的眼眶中再度泛起泪光。"圣诞快乐……扬·奥拉夫!"她的语气有些哽咽。说完,她快步走到街边拦下了出租车,钻了进去。她隔着车窗一个劲儿地冲我挥手。此时此刻,街道上的空气仿佛宿命一般沉重。出租车发动后,她再也没有回头看我,很快便消失得无影无踪。我想,她一定已经哭成了泪人儿。

我完全崩溃了,乔治。我站在原地,呆若木鸡。那感觉就好像我刚中了一百万克朗的彩票,还没高兴几分钟,就有人宣布,因为某方面的错误,暂时无法领取奖金,至少不能当场兑现。

这位神秘莫测,拥有超自然力量的橙色女孩究竟是谁?这个问题已经困扰了我许久。可现在,新的问题又来了——她是如何知道我的名字的?

钟声还在回荡,此时,市内大大小小的教堂都敲响了钟声,宣告圣诞节的到来。大街上空空荡荡,一个人影也看不见。在十二月的凛冽寒风里,我用尽全身力气

橙色女孩

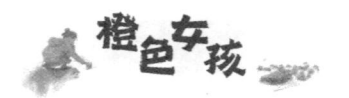

呐喊,仿佛在放声高歌:"她怎么会知道我的名字?"当然,另一个问题同样费解而迫切:为什么要等上半年,她才愿意再见我?

在接下来的半年里,我有足够的时间,感受这些问题带来的困扰和折磨。经过几天的思考,我的脑海里充满了各种各样的答案,但我并不知道哪一个更接近事实真相。我只能依据为数不多的几条线索,不断深挖线索背后的深意,或者说,做出我自己的诊断。或许是我太急迫,但无论如何,我脑子里产生了太多并行不悖的理论。

或许,橙色女孩身患重病,所以她必须遵循严格的"橙子饮食规定"。或许未来半年里,她要前往美国或瑞士接受特殊的医疗服务,因为挪威的医院已经束手无策。不管怎么说,她的眼眶里总是闪着泪光,特别是在告别之际。而且她明确地告诉我,之后的半年,也就是明年的七月到十二月,我们每天都可以见面。也就是说,只要我耐心等待半年,就可以每天见到橙色女孩。每每想到这里,我就又振作起来。老实说,这个交换条件还不错。这样看来,我已没有理由抱怨什么。而且平均来说,至少我们每两天还是能见一面的。不过,如果过完下半年,我们就再也无法见面的话,岂不是更让人遗憾?

那时,我刚考进医学院不久。众所周知,医学生必须非常努力。在诊断病例时,他们需要依据各种征兆和

橙色女孩

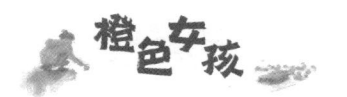

迹象探寻背后的原因，可以说，他们拥有侦探一般的敏锐直觉和逻辑清晰的调查能力。我试着用严谨的自我约束精神说服自己：橙色女孩的确生病了，所以她必须前往一个陌生国度，接受特殊的治疗。此外，我还找到了其他一些线索来佐证我的理论。

不过，即使橙色女孩真的患了危及生命的重病，或者说，她的精神的确到了错乱的地步，这仍然无法解释，她是如何得知我的名字的。不仅如此，为何她每次见到我时都忍不住流下泪来？我的身上是否有什么东西，让她感到格外悲伤？

在随后的整个圣诞假期里，我任凭自己全身心地投入这一神经兮兮的思维游戏之中。比如说，我的眼前不断浮现出想象中弗鲁格纳的其乐融融的大家庭。至于我为何需要先等半年，才能再次见到橙色女孩这一疑问，我不厌其烦地罗列出所有可能的答案。对于她而言，其中一个最具代表性的可能性是：相比我们所生活的世界里的人，橙色女孩善良得堪称完美。因此，她会秘密前往非洲，趁疟疾和其他的可怕传染病尚未暴发之前，将生活必需品和药品送给贫穷的人们。不过，这个答案仍无法解释橙子之谜。她为什么要买这么多橙子？她是想把橙子也运往非洲吗？或许，她投入了自己的所有积蓄，囤聚了一整架货机的橙子。

橙色女孩

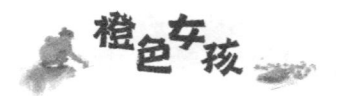

不过,乔治,我们说好,只能围绕和橙色女孩密切相关的线索进行调查。所以,如果我想把这段时间内所有的想法和假设都一一道来,那我恐怕得花上一年的时间,坐在电脑前重温这些毫无意义的回忆。可我没有这么多时间。况且,往事的回忆往往令我感到万分痛苦。

话说回来,我们为什么非要花精力琢磨这些疯狂的想法?对我而言,一个重要原因是橙色女孩的所作所为:她曾经好几次,认真地凝视着我;她曾两次握住我的手,还曾用手指触碰我的脸颊。所以,我必须遵守我们之间的约定,虽然那只是寥寥几句,但我记得清清楚楚,一字不差。正因如此,我把我们之间的对话都写了下来,然后努力琢磨文字背后的深意。

你有什么想法,乔治?你能不能回答出我的问题?第一,她为什么要买那么多的橙子?第二,在咖啡馆里,她为何久久凝视我的眼睛,握住我的手,却又一言不发?第三,在青年广场的水果摊前,她为何要全神贯注地精挑细选,生怕买到两只相似的橙子?第四,我和她为何要等上半年才能再见?第五,也是我百思不得其解的世纪之谜——她是如何知晓我的名字的?

如果你能回答上述问题,或许你就能进一步揭开最重要的谜团:橙色女孩究竟是谁?她是我们人类的一分子吗?还是说,她来自另外一个世界?所以她必须回去住上半年,然后才能回到这里,和人类生活在一起?

橙色女孩

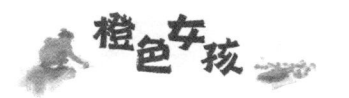

乔治，对于这些征兆和迹象，我想不出背后的深意，我给不出"诊断书"。

就在橙色女孩消失在维格兰大街转角后不久，另一辆出租车迎面驶来。我拦下车，钻进去，回到胡姆勒大街的家里。

这个冬天，你叔叔埃纳尔的情绪简直高涨到了极点，因为他终于可以前往滑雪胜地——特里凡滑雪场了！我为他买了一副漂亮的滑雪手套。所以，他在平安夜的晚餐上打开圣诞礼物时，一定喜出望外。我还给他的猫买了一罐高档猫粮。我给母亲买的是一本当下备受关注的诗集——芬兰诗人玛尔塔·蒂卡宁的名作《世纪情诗》。至于父亲，我为他挑选了一本挪威小说，作者是埃尔林·耶尔斯维克，故事发生地点在西班牙的潘普洛纳。我已经读过一遍了，我猜父亲也会喜欢。对了，我还想告诉你一个小秘密。打那时起，我就怀有文艺创作的梦想，大概是因为这个，我才会选择一本挪威的不知名作家的作品送给父亲。

那年圣诞节，我一直睡在客厅后面的小房间里。现在它已经变成了你的房间。此时此刻，我就坐在这个房间里写信。而当你读到这封信的时候，小房间变成了什么样子，我无从得知。

我并不想赘述圣诞晚餐的经过，因为它并不在我所

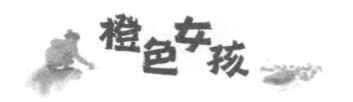

设定的故事框架之中。我只想告诉你，在这个平安夜的晚上，我一秒都没有合过眼。因为这是我这辈子经历过的最奇妙的圣诞节。

父亲的信，我已经读完了一半。现在，我已经憋不住，想上厕所了。这都怪我自己，喝了太多的可乐。

真烦人！我暗想。我必须走出房间，在众目睽睽下穿过客厅和走廊，想必"游街示众"的感觉也不过如此吧。可我实在别无选择。

我开了门，把父亲的信丢在床上，顺手把门锁上，然后把钥匙揣进口袋。

四个大人立刻围了上来，齐刷刷地向我投来好奇的目光。我目不斜视地往前走，尽量不予理会。

"你看完了吗？"妈妈问。她整个人看起来像是一个大写的问号，显然想知道信上都写了些什么。

"是不是很伤感？"约尔根问我。他大概很替我难过，毕竟我的生身父亲已经去世了。一直以来，约尔根都在努力扮演一个替补父亲的角色。他的努力当然是出于好意，但面对妈妈，他并不会因为她失去丈夫而感到难过。毕竟他填补了那个空缺。我这么想固然不太好，但父亲去世的事实，应该会让约尔根感到释然和高兴吧。如若不然，他怎么会拥有妈妈，拥有米莉亚姆？当然也不会拥有我。人们不是常说一句话吗："死亡是一个人的终点，

也是另一个人的起点。"

我突然瞥见他倒了一大杯威士忌。约尔根有喝威士忌的习惯，不过大多是在周五或周六晚上。可今天是星期一。

他端着威士忌站在客厅中央，虽然看着有些突兀，但他自己应该并不在意。真正让他感到难堪的，大概是我把自己反锁在房间里，读父亲生前留下的信。父亲写信的时候，这个房子里还没有约尔根的存在。我很小的时候，有时会管约尔根叫"外来叔叔"。现在想来，我的做法当然非常幼稚，除了制造紧张气氛外，毫无用处。

"我猜你还没看完吧？"爷爷突然问了一句。他自顾自地点燃一根雪茄，一副洞若观火的模样。

"还有一半。"我说，"我要去上个厕所。"

"那你已经看过的那些，怎么样呢？"奶奶就是不想让我有半点清净的时间。

"无可奉告！"我硬生生地抛出一句。电视里的发言人在面对不愿回答的敏感问题时，都会这么说。

如果说，媒体记者和父母拥有的一个共同点是好奇，那么，发言人和小孩子拥有的一个共同点是：他们会不断地被问到令人尴尬的问题，而且很难找到简单的答案。

这里，我必须详细介绍一下故事中相关人物的背景情况。就从妈妈开始吧，毕竟这么多人里，我最了解的是她。

橙色女孩

妈妈刚过完四十岁生日，绝对称得上是一位成熟独立的女性。任何时候，她都敢于坦诚地表达自己的想法。并且，她的身上不时地散发出母性的气息。我指的不只是她对米莉亚姆的关心和呵护。她对我和米莉亚姆都很温柔，有些时候，她对我说话的口吻，完全是对待两三岁小孩的那种。我很少违背妈妈的意愿。但的确有几次，她的做法让我无法理解，甚至到了我难以忍受的程度。我举一个例子好了：我带朋友回家的时候，她总是有意无意地展示出我还是她的小宝贝的意思。可事实上，我已经比她高好几厘米了，所以我总觉得很丢人。有一次，我和哥们儿马丁打算在客厅下棋，她居然拿了把梳子过来想帮我整理头发！我本想心平气和地表达我的不满，不想冲她发脾气的，可在那种情况下，我根本无法压制我的怒火。况且，当时马丁也在场，我必须旗帜鲜明地挑明我的底线。妈妈走进厨房，可不到二十分钟她又折回客厅，手里端着热可可和纸杯蛋糕。马丁惊喜地吹了声口哨，可我却不好意思马上就享用妈妈送来的食物。我赌气似的冲进厨房，想看看冰箱里还有没有啤酒。好在马丁是个有幽默感的人，我们后来还聊过这件事。我提到妈妈在奥斯陆国立艺术学院教书的时候，他还肃然起敬。我开玩笑地说："如果一个年轻的毕加索在挪威诞生，想必你能猜出他是从哪儿遗传的艺术细胞。"虽然发生过这样那样的不快，可我还是会夸耀我妈妈的各种

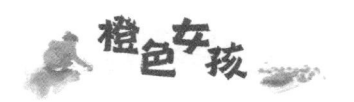

能力。

　　描述自己的母亲是很困难的。我们的描述总会牵涉到肉体承载的亲密关系和沉重负担，还会或多或少地受到人格特质的影响。不过，妈妈的确有属于自己的人格魅力。她很喜欢吃糖，而且对各种糖果来者不拒。糖果罐摆在家里的每个角落，里面装着水果糖或巧克力。最近这段时间，她总会瞒着大家偷偷吃糖，这种自欺欺人的表现实在糟糕。我和约尔根都希望她能改掉嗜甜的坏习惯。他担心妈妈摄入太多甜食会引发疾病。约尔根反复强调这一点，强硬的态度直接导致妈妈如履薄冰、小心翼翼。如果她从外面买了一袋水果糖或一包巧克力，她会让我保证永远不告诉约尔根。

　　要说妈妈最大的优点，那一定是她的好脾气。但她最大的缺点是她的坏脾气。妈妈总处于这两个极端，很少处在中间地带。换言之，她要么兴高采烈，要么大发雷霆，永远无法平衡自己的情绪。妈妈最喜欢说的一句话是："玩完这盘，所有人都给我上床睡觉！"

　　接下来，我要说说约尔根。他只有一米七，大概和妈妈差不多高。就一个成年男性来说，这种身材并不是很吸引人，至少算不上优点。如果这一说法成立的话，那么身高绝不是他外貌方面的唯一缺点。他的头发是红色的，皮肤永远白皙细腻。哪怕在夏天的时候，他的皮肤也晒不成小麦色，而是红彤彤的。他手臂上的汗毛也

橙色女孩

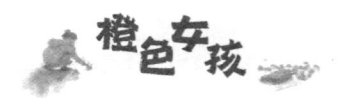

泛着红色。我之前说过，他特别在意时尚潮流，还在浴室里放了三瓶香水和四瓶不同品牌的爽肤水，一般男性可用不了这么多。而且，很少有人像约尔根那样，有勇气穿着毛边夹克，系着黑色丝巾走在大街上。不过可气的是，这种搭配风格真的很适合他。

约尔根在警察局担任刑警一职。他总是向我们反复强调，保守案件机密是他的职责所在。然而他自己却并非每次都能做到。曾经有两起刑事案件，在报纸尚未刊登出来之前，我就已经知道重要细节。他很信任我，相信我绝不会向外泄露半个字，而我也深深感激他的信任。

约尔根是那种典型的自信心爆棚的男性，但他对自己的认知并不完全正确。前几天，我们去挑选衣橱。（约尔根和妈妈说，我的东西放得满屋子都是，他们快受不了了。其实他们的卧室在二楼，我基本不会上去，那里甚至都没有我的袜子。）我们花了一下午的时间把衣橱组装好，但到底将其摆在哪个位置，我们又花了一晚上的时间才决定。约尔根希望贴着门放，我更想放在窗户旁边，不足之处是，衣橱会挡住半厘米的视野。我们两个为此争执不下，我告诉约尔根，这是我自己的房间，我在里面的时间比任何人都要久，衣橱放哪里完全是我自己的选择。最后，虽然约尔根让了步，但他一晚上没和我说话。尽管后来他还是跟我搭腔了，但看得出来，他费了很大的劲才做出了这样的决定。

橙色女孩

约尔根愿意贡献出所有的业余时间，试着将我培养成一名优秀运动员，或许这种耐心和毅力算是他的优点。他说，每个人天生就有肌肉，只不过要靠锻炼才能显现出来。至于他的缺点，大概是他难以接受我的人生有其他规划这一事实。我并不想成为一名运动员。当然，约尔根恐怕也不欣赏我反复练习《月光奏鸣曲》。他最常挂在嘴边的一句话是："态度决定一切！"

在介绍爷爷奶奶之前，我必须强调一点，我对他们的了解程度，与我对约尔根的了解程度不相上下。在过去几年里，我经常往返奥斯陆和滕斯贝格，特别是妈妈刚和约尔根在一起的那段时间，我常常会在爷爷奶奶家小住。当时我大概十岁，在那里一住就是几天甚至几个星期。我常常想，如果我没有去爷爷奶奶家，恐怕妈妈和约尔根不会修成正果。我这么说并没有丝毫埋怨的意思，恰恰相反，我很喜欢在滕斯贝格的生活。老实说，妈妈和约尔根如胶似漆的那段时间，我的偶尔缺席恰好可以缓解我们之间的紧张关系。我记得有一次，我跑上二楼和他们说晚安，他们正亲密地说着悄悄话。我本能地感到抗拒，转过身轻手轻脚地下了楼。如果约尔根是我的生父，我或许会有截然不同的反应——又或许不会。我并不觉得这有多值得大惊小怪，不过他们的确应该多加注意，或者提前知会我，他们需要一些私密空间。这样，我就不至于那么冒失了，而且，事后也不会觉得那

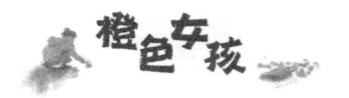

么孤独。

奶奶快七十岁了。她当了一辈子的声乐老师。各种类型的音乐她都喜欢，不过最爱的还是普契尼的歌剧。她费了很大的劲说服我学习《波西米亚人》。但老实说，包括《波西米亚人》在内的意大利歌剧，都通俗得近乎庸俗。在我看来，《波西米亚人》不过是浪漫爱情和错乱精神交织而成的混合体。除了音乐，奶奶还喜欢大自然，尤其是鸟类。她也喜欢鱼类和海鲜，还曾发明一道名曰"滕斯贝格沙拉"的私房菜，食材包括虾肉、蟹肉和鱼肉。每年秋天，她都会带我前往滕斯贝格外的彻默岛采摘蘑菇。说到奶奶的优点，熟知鸟类的名字和生活习性大概可以算是一个。缺点嘛，就是她如果不哼唱普契尼的歌剧，就没法烹饪出美味的料理。（真让人郁闷！）不过，我并没有试图干涉奶奶的这一习惯。我必须承认，她是个不折不扣的好厨子。奶奶最喜欢说的一句话是："乔治，你坐下来，咱们两个再聊聊。"

爷爷退休前一直在国家气象局工作。一直到现在，他似乎仍没有丧失对老本行的热爱和兴趣。他几乎每天都要买报纸，主动和别人聊天气情况。比如，在我去滕斯贝格小住的时候，或者我们开游艇出行的时候。爷爷的思维清晰缜密，而且他很有幽默感，但绝不会乱开玩笑。他坦率得近乎直白，比如，他会直接说奶奶的发型很糟糕。当然，他在赞美奶奶发型的时候也不遗余力。

橙色女孩

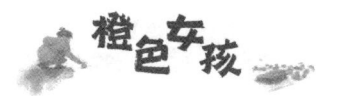

夏天的时候,爷爷有一半的时间都花在游艇的保养和维护上,另一半时间则被用来买报纸读报纸。他也会给滕斯贝格的本地报纸投稿,我们戏称他是本地的"知名人士"。爷爷算得上是一位富有想象力的航海家,这是他的优点。他的缺点则是过于自大,以为自己是滕斯贝格的"国王"。爷爷最喜欢说的一句话是:"我们有钱人的生活好得很!"

对了,前面我已提到过我的叔叔埃纳尔。父亲认识橙色女孩那年,叔叔的年纪和现在的我一样大,这算得上是一个颇有意思的巧合。叔叔目前在一艘巨型邮轮上担任大副。他没有结婚,但一直对外宣称自己在邮轮上有位新娘。(很长一段时间内,我对叔叔说的话都信以为真。比如确实有位叫英格丽德的女孩,曾在邮轮上工作了半年多的时间,但她后来莫名其妙地辞职了。)叔叔常常拍着胸脯向我保证,以后会带我乘坐邮轮环游世界。不过,我现在知道这只是他开的空头支票而已。在我看来,叔叔的优点就是,他是全挪威最好的叔叔。而他的缺点就是满嘴跑火车,许下的承诺一句都不能兑现。他的口头禅是:"少跟我啰唆,浑小子!"

现在只剩一个我还没介绍的人了。相比其他人,对这个人进行介绍显得困难重重。对,这个人就是我,乔治·罗德。我身高一米七四,比约尔根高四厘米。我猜,约尔根的心情应该很矛盾,他一方面不愿面对这个事实,

橙色女孩

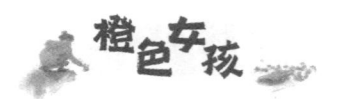

另一方面也挺替我高兴的。我一直困在一具青少年的躯体之内，从未挣脱过——正如我从未真正踏出家门。我并不常照镜子，但站在镜子前面的时候，我必须直视这个青少年。或许这么描述有自恋的嫌疑，但我不得不说，我属于这个世界上对自己外表颇为满意的那一类人。我并不是说自己有多英俊潇洒，只是外表不至于引起别人的反感，或被人形容丑陋罢了。话虽如此，保持一定的敬畏心还是有必要的。我曾在某本杂志里读到过，据统计，超过百分之二十的女性认为，自己属于全国排名前百分之三的绝色美女。那么，有多少人自认为属于那百分之三的绝世丑人呢？我不得而知。但我觉得，如果一个人这辈子都对自己的容貌不满意，那可真是痛苦。约尔根一头红发，净身高只有一米七，他会对自己的外表满意吗？我对他的担忧是否多余呢？这个问题我一直不敢问出口。

要说我对自己的容貌有什么困扰的话，大概就是最近我的额头上冒出一些青春痘。虽说过个四年或是八年，它们肯定会消失不见，但现在，它们的确是个麻烦。约尔根说，如果我跟他慢跑一段时间，青春痘就会退下去。这种建议听起来就不太高明，我才不会买账。不过约尔根始终没放弃，一直和我念叨着慢跑对皮肤的好处。

我的蓝眼睛、白皮肤和金色头发都遗传自我的父亲。到了夏天，我的皮肤会晒成小麦色，冬天再白回来。要

橙色女孩

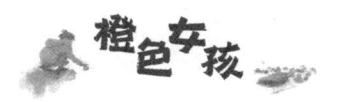

说最大的优点嘛,那就是乔治·罗德这个人绝对属于正常人,是生活在地球上的人类的一分子。缺点就是太过于普通。我一直觉得自己可以更另类、更具攻击性一些。我的口头禅是:"好啊,多谢。"

  我从洗手间出来,必须再次穿过客厅才能回到我自己的房间。可这一回,大人们都一声不吭,显然已经达成了某种默契。我打开门,走进曾经属于父亲的房间,然后锁上门,重新趴在床上。我很快就会知道,这个神秘的橙色女孩究竟是谁。没准儿父亲再次见到她的时候,会发现对方是个巫婆。也不知道她施了什么魔法,反正父亲中了邪。既然父亲觉得有说出这个故事的必要,那必然是有自己的理由。他想要告诉我一些事,一些临终前必须让儿子知道的事。

  我隐约有种感觉,橙色女孩和哈勃空间望远镜,或者,至少是和宇宙存在着某种奇妙的联系。大概是父亲的信太过虚无缥缈,让我的想法也变得奇奇怪怪。我往前翻了几页,又读了一遍父亲的文字:"……她没有回答,只是温柔而坚定地握紧了我的手。我们仿佛挣脱了重力,飘荡于宇宙之中,也仿佛沐浴了整个银河的光芒。我知道,此刻的宇宙专属我们二人。"

  或许,橙色女孩真的来自另一个星球?父亲的暗示已经很明显了:她来自一个完全不属于我们的世界。说

橙色女孩

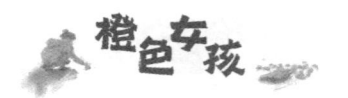

不定，她是乘坐宇宙飞船降落在地球上的？当然，我不相信存在这种可能，父亲也不会相信吧。没准儿橙色女孩自己是这么认为的，那可真糟糕。

哈勃空间望远镜绕地球一周需要九十七分钟，它的运行速度可达到每小时二万八千千米。我们不妨做个比较：挪威的第一列蒸汽火车从克里斯钦尼亚（奥斯陆的旧称）出发，抵达六十八千米外的埃兹沃尔，总共需要两个半小时。蒸汽火车的时速是二十八千米，也就是说，哈勃空间望远镜的速度是它的一千倍！（我的老师很欣赏这种对比。）

每小时二万八千千米！在这种超级速度下，我们的身体会进入失重状态，飘浮在宇宙中。从这点来说，父亲的形容是贴切的。哈勃空间望远镜所拍摄的照片，来自距离我们几百万光年之遥的银河系。

哈勃空间望远镜配备了两块太阳能板，长十二米，宽两米半，能够为卫星提供三千瓦的电力。想象一下：两只欧斑鸠站在太阳能板上，随着哈勃空间望远镜飞过历史博物馆、皇家公园，还有奥斯陆主教堂，将整个宇宙尽收眼底。谁知道呢，没准儿它们真能穿越太空。

我重新捧起那一叠厚厚的信，继续往下读：

圣诞节到新年这一段时间里，我并没有试过寻找橙色女孩。周围到处都洋溢着节日的喜悦气氛，我整个人

橙色女孩

的情绪也变得平和起来。到了一月,我又开始了行动,而且比之前更有干劲。

我进行了几百次的尝试,捕捉可能是她留下的蛛丝马迹,但都无功而返。我并不需要讲述我种种的失败经历,相信你已经熟悉我叙述的套路。

不过在这里,我还是要提到一次例外。这次例外和一个重要因素息息相关。我将所有谜团列成了一张单子,希望你能帮我破解,但我却遗漏了一点,就是那件旧的滑雪服,乔治!还记得吗?出于滑雪服的缘故,我假设过橙色女孩可能要前往格陵兰冰原探险,也想过她可能家境贫寒。不过最重要的是,她是一个热爱户外活动的人。

因此,这一年的冬天,我滑雪的次数着实不少。可以说,我把奥斯陆周边的山区滑了个遍,抵抗力也因此增强了不少,基本没出现过感冒等小毛病。我不想赘述滑雪的细节了,反正在罗伊彭、基库特、斯特肯、哈瑞斯图几个滑雪场,我都没有遇见她。每年三月初,奥斯陆都要举办世界知名的霍尔门科伦滑雪节。随着日期的临近,我的心情越发紧张。所有片段都已经搜集妥当,只等我拼凑完整。那感觉就像在玩拼图游戏。或者这么说吧,现在的我就像是一个足球队教练,手下的十一名队员已经集结完毕,只等组队"征战"了。

天气晴朗的话,会有超过五万人参加霍尔门科伦滑

橙色女孩

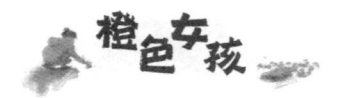

雪节,也就是说,在挪威人口寥寥的情况下,很大一部分民众会出现在那里。但在参赛者中,有多少人会穿着橙色的旧滑雪服呢?

三月初,我如期来到霍尔门科伦。天气还算不错,这意味着我见到橙色女孩的概率也大幅提升。事实上,那年的霍尔门科伦滑雪节上,的确有不少人穿着旧的滑雪服。在阳光的照射下,滑雪服的色泽和亮度也有所变化。我根本不关心赛事如何,我的全部注意力都集中在选手的服装上。好几次,我以为自己看见了橙色女孩,激动得想要大叫,结果却发现不过是美丽的误会。我的确看到了好几枚美丽的发夹,但都不是橙色女孩颈后的那枚。

乔治,自始至终,她都没有出现。这一结果带来的失望是我对霍尔门科伦滑雪节留下的唯一印象。我不知道是谁最终赢得了比赛,我只知道,橙色女孩不在那里,我所见到的只是我憧憬中的幻影。

自那之后,我只参加过一次霍尔门科伦滑雪节,我不知道你是否还记得。或许你只有一些模糊的记忆,那就是在你三岁半的时候,我和你爬过山,看过比赛。

今年三月的天气有些反常,暖气团的造访使得霍尔门科伦变得格外温暖。卡车不得不穿过半个挪威,准确地说,是从芬瑟附近的山区运来大量的雪,才得以保证滑雪节的顺利进行。我和你就站在围栏后面,观看选手

橙色女孩

们的精彩表现。夺得冠军的是德国选手延斯·魏斯弗洛格,这让挪威观众大为失望。不过老实说,比赛结果也并不意外,延斯已经不是第一次拿冠军了。

我想和你分享一个只属于我俩的秘密。半年前,也就是那个异常温暖的三月里的第一个星期六,当我和你在霍尔门科伦时,我心里突然涌上一股悸动——我仿佛变回了那个青葱少年,在白雪中找寻橙色女孩的身影。虽然那已经是十年前的事了,可那种落寞和失望的感觉却如此真切。

我的儿子,我的时间已经不多了。所以我必须跳过之后几个星期发生的事,直接向你讲述最重要的部分。

四月的某一天,我在信箱里发现一张精美的明信片。当时是个星期六,我正在胡姆勒大街的家里过周末。明信片并没有寄到亚当斯图恩——我和贡纳尔合租的地方,而是直接寄到了家里。不过毋庸置疑的是,明信片的确是寄给我的。

现在,请你认真地听我接下来说的话。明信片上是一大片橙子林,上面用大写字母写着:PATIO DE LOS NARANJOS,大意是"橙园"。这点西班牙语我还是看得懂的。我说过,我解读线索的技巧已经越来越娴熟了。

橙园!我的心开始扑通扑通地狂跳。乔治,你知道人体的血压吧?在某些极端情况下,血压会突然升高,

橙色女孩

对,我当时的血压几乎是飙升。但愿你没有太多类似的经历,因为大多数血压飙升的情况都具有一定风险。(我希望将来你不要去玩过山车或跳楼机这种游乐项目,对,尤其不要去蹦极!)

我把明信片翻过来,上面的邮戳地址是西班牙的塞维利亚。明信片上只写着一句话:我想你。你能再等一等吗?

除此之外,再没有任何信息——没有署名,也没有寄信人地址。但在明信片的角落里,画着一张脸。那是橙色女孩的脸,乔治,那张脸有着小松鼠般的灵动。这幅画仿佛是张艺术品,对,没准儿还出自一位大艺术家之手呢。

对此,我毫不意外。这位伟大的艺术家当然就是居住在橙园里的橙色女孩,我想不到其他任何可能性。答案显而易见:她只是回到了属于自己的王国,也就是橙子的王国。这些推理和我之前的猜测完全吻合。

现在,所有的事情似乎都变得合理起来,所有的谜团也都得到了解答。橙色女孩拥有半年的时间,可以在温暖的西班牙呼吸到清新的空气,也可以尽情地选择自己想要的橙子。橙子寄托了她对艺术的全部热情。因为这些橙子,她不至于违背当初的约定,提早离开橙子王国。而在之后的半年里,她每天都会和我见面——当然,这是我的一厢情愿。为此,她必须积攒更多的能量,以

橙色女孩

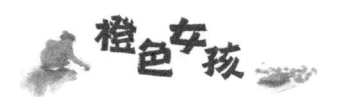

迎接截然不同的新生活。

我的喜悦无以复加,大脑里源源不断分泌出一种物质,我们医学生称之为"内啡肽"。而我当时近乎病态的兴奋状态,在医学上同样可以找到对应的术语:精神亢奋。而我,已经完全处于这种亢奋状态。于是,亢奋中的我径直跑去了阳光房。当时,母亲正坐在那张绿色的摇椅里,父亲在阅读星期六的报纸。我跑到父母面前,大声向他们宣布:我要结婚。当时,我真应该控制住自己的冲动,因为半小时之后,我的心情又会跌到谷底。我的大脑已经无法再产生任何内啡肽,整个人也脱离了亢奋的状态。最后,我彻底糊涂了,我越来越发现自己了解的事情其实很少。

橙色女孩曾经在无意中泄露了一个秘密:她知道我的名字。可现在我才发现,她还知道我姓什么。不仅如此,乔治,远在神秘的"橙子王国"里的橙色女孩,竟然连我父母在胡姆勒大街的地址都了解得一清二楚。对此,你有什么看法?这实在太奇妙了,无论怎么解释这个谜团,似乎答案都无所谓。可换个角度想,在童话般的平安夜晚上,我和她手牵手走过皇家公园,就在圣诞的钟声即将敲响之际,她钻进出租车的一瞬间——就好像灰姑娘必须赶在南瓜马车变回原形前回去——她对我守口如瓶,完全没有提到自己将前往西班牙,这实在令人难过。

橙色女孩

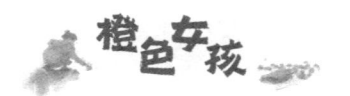

我已经等了至少三个半月，此间还有二十五次短途滑雪之旅。而这还不是我寻找她的全部过程。

或者，橙色女孩也造访过摩洛哥、美国的加利福尼亚或巴西呢？橙子是一种益处多多的水果，乔治，在我看来，橙子可以说是自然界最为重要的水果之一。说不定，橙色女孩是受联合国委任的专门监测橙子的情报人员。比如，市面上是不是出现了新品种的橙子？某种橙子是否携带了致命病毒？或者，她必须定期前往青年广场，确保水果摊上出售的橙子符合食品安全标准，也就是进行所谓的抽样检查。

这位橙色女孩是不是也去过中国？她大概知道，这种水果原产自中国，橙子这一词语的原意就是"来自中国的苹果"。要是橙色女孩真的到了中国，也就是那个曾经生长着地球上最古老的橙子树的国度，那我就不能把给橙色女孩的明信片寄往中国了。因为，她没有写寄信人的地址，就算我要回信的话，恐怕也只能写：寄往中国，橙色女孩收。那样一来，中国的邮递员得从十几亿人中找出橙色女孩，这简直比登天还难。我倒是愿意承担这个任务，我不怕麻烦。不过，中国的邮递员未必像我这样，急于找到橙色女孩。

好了，乔治，我们接着往下说。

接下来，我请了几天假，向父母借了一千克朗，又

橙色女孩

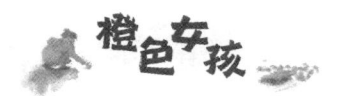

在一家廉价航空公司订了飞往马德里的机票。到了马德里，我在一个朋友的叔叔家借住了一宿，第二天一早便乘飞机赶往塞维利亚。

我不能孤注一掷地迷失在自己一厢情愿的设定中。就算到了塞维利亚，我也未必会见到橙色女孩。我告诉自己，这一次的结果或许和霍尔门科伦滑雪节一样让人失望，不过我已经做好了更周全的心理建设。如果我没能在塞维利亚见到她，我会说服自己，她在前往摩洛哥旅行之前，的确在这里逗留过。而且，我能够目睹她所生活的橙子王国，呼吸到橙子散发出的芬芳气息。我会踏上她走过的路，或许还会坐在她曾经坐过的椅子上。这些理由已经足够让我飞一趟塞维利亚了。再说，这绝不是我的凭空臆想，橙色女孩的确留下了确凿的线索——明信片上的橙园。当然，我必须先取得入园许可才行。想到这里，我的脑海中不禁浮现出一个画面：神圣的橙园周围是一圈高耸坚固的围墙，门口站着凶巴巴的狼狗和戒备森严的警卫人员。

事实上，在抵达塞维利亚半小时后，我就已经漫步在橙园里了。橙园就坐落在塞维利亚大教堂的后面，是个标标准准的南欧式园林，没有围墙，精致漂亮。园中种着一排排整齐的橙子树，树上果实累累。

可是，园里并没有橙色女孩的身影。也许，她只是到这个城市短暂停留。但我想，她肯定会再来这里。

橙色女孩

我尽量让自己理性思考。我试图告诉自己，不能指望立即就遇见她，至少在最初的几天都不可能。所以，我在橙园里只逗留了三个小时。离开之前，我写了一张字条："我也想你。不，我一刻都等不了了。"然后放在花园的喷泉边，还在上面压了块石头。

我没有署名，甚至没有注明，这张字条是写给谁的。我在字条的一角画了张自画像，虽然和我的模样相去甚远，可我相信，橙色女孩肯定一眼就能看出画的是谁。过不了多久，她就会回来，领取这封属于她的信。

做完这件事，我就去了市中心，逛了大概一个小时，猛然间我惊慌失措地想起，我可能犯了一个致命的错误。

橙色女孩说过："你必须等我半年，如果你做得到，我们就能再次见面。"当时我问："为什么要那么久？"她回答说："没有为什么，这就是你必须等待的时间。"然后补充了一句："如果你能坚持过半年，那么我们在之后的半年里，每天都能见面。"

你明白了吗，乔治？我没有遵守约定，我没能坚持到半年。所以，我也就没有权利要求她兑现她的承诺——在之后的半年里，每天都和我见面。

关于我和橙色女孩之间的约定，就约定本身而言，其实并不难理解，但真正履行起来的确困难重重。每个童话都有自己的规则，这些规则之间的微妙差异正是区

橙色女孩

分童话的关键所在。我们并不需要了解规则背后的原因，只需要遵守它们即可。如果承诺无法实现，童话也就不再成立。

乔治，你知道为什么灰姑娘必须在午夜之前离开城堡的舞会吗？我答不上来，我相信灰姑娘自己也不知道答案。但是，如果因为魔法和神秘力量的关系，才能得以进入一个梦幻国度的话，那么无论有多么疑惑，我们都不该提出这种问题，而应该直接接受其设定的条件。所以，如果灰姑娘想要得到王子，她就必须在午夜十二点之前离开城堡，游戏规则就是这么简单。如果违背了约定，她的晚礼服就会消失，马车也会变回南瓜。所以，她牢牢记住午夜前离开的约定，并且一丝不苟地严格执行。只不过在回家的路上，她跑丢了一只水晶鞋。奇怪的是，正是这只鞋子让王子找到了她。至于灰姑娘继母的两个坏心眼女儿，因为她们没有遵守童话里的约定，所以必然下场凄惨。

在我和橙色女孩的这个童话故事里，奉行着另一套规则体系。我曾经三次撞见橙色女孩怀抱一大纸袋橙子的场景，当时我就已经认定，她是属于我的。不仅如此，在圣诞夜钟声敲响的那一瞬间，我必须和她含情脉脉地深情对望，同时伸出手抚摸她颈后那枚银色发夹。乔治，别问我为什么，这些就是童话里的规则。如果我不能闯过最后一关，经受住决定性的考验——也就是坚持等待

橙色女孩

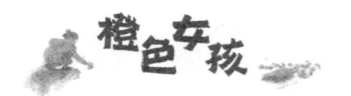

半年——那我之前的所有努力都是枉然，我将失去一切。

想到这里，我以最快的速度回到橙园。可那张字条已经不见了。我不知道，字条究竟有没有落到橙色女孩的手中。毕竟，任何一个路过的游客都可能会在无意中取走它。

我无奈地看着那块曾压在字条上的小石头。字条已经消失得无影无踪。就在这时，我的内心涌起一种奇妙的感觉。乔治，虽然我违反了约定，但我对故事的结局仍然充满希望：橙色女孩主动给我寄了一张明信片，因为她有我的地址。所以我必须给她答复，但因为我没有她的地址，所以只好自己充当信使，把字条留在橙园里，也就是她寄信的地方。

所以我和橙色女孩算是扯平了吗？换句话说，是她先破坏规则的吧？你说呢，乔治？你会怎么解读这个童话故事里的约定？

但从另一个角度来说，橙色女孩也在明信片上写了"再等一等"。也就是说，她提出了一个新的约定。而我也给出了答复：我一刻都等不了了。也就是说，我并不能遵守这个新的约定。

明信片上的原话是：我想你。你能再等一等吗？

乔治，我对此的回答是：我一刻都等不了了。你说，她对此会作何反应呢？

不，我给不出任何理性的判断。我已经无法自拔地

橙色女孩

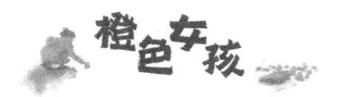

陷入迷惘的深渊。我必须找到她,这是唯一的解决办法。

我以前从没来过塞维利亚,确切地说,这是我第一次来西班牙。不过,我很快混在人潮如织的游客之中,来到了历史悠久的犹太区。这里又被称作圣十字区,看着仿佛是一座规模宏大的教堂区,而且专门供奉着橙子这种颇有深意的水果。这里所有的广场和街道几乎都被橙树环抱着。

我从一个广场走到另一个广场,却依然找不到橙色女孩。后来,我走进一家露天咖啡馆,在橙树的树荫下找了一个位置坐下来。我已经走遍了圣十字区大大小小的所有广场,这一个是我认为最美的,它叫阿利安萨广场。

我坐在那儿,脑海中思绪万千。如果有谁要在陌生城市里寻找一个人,却又不知道这个人可能会在哪个地方,他该如何是好?是该换座城市碰碰运气,还是坐在市中心的广场里耐心等待,等到对方出现?

乔治,你不妨将我的问题默念两遍,然后再做出自己的判断。不过我心里已经有了定论:塞维利亚最美的地方就是圣十字区,而圣十字区最美的广场就是阿利安萨广场。以我对橙色女孩的了解,她最后一定会出现在这里。我们曾在奥斯陆的咖啡馆偶遇,后来又在奥斯陆主教堂重逢。我和橙色女孩之间已经达成了某种默契——

橙色女孩

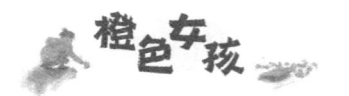

如果真的心有灵犀的话，我们一定会再见面。

于是我决定，坐在这里等下去。当时是下午三点，我至少还可以在阿利安萨广场等上八个小时。我倒不觉得八个小时有多漫长，在离开奥斯陆之前，我已经在这附近的一家青年旅馆订了个房间。但我必须赶在午夜十二点前回去，不然旅馆就会锁门。（就连西班牙的青年旅馆都有自己的规定，住店的客人必须服从。）如果十二点前，我仍然见不到橙色女孩的话，那么明天一大早，我会再次回到阿利安萨广场，继续等下去，哪怕等上整整一天。

我就这么一直等待着。我用目光捕捉广场上来来往往的每一个人的身影，既包括当地居民，也有外地游客。世界在我眼中变得格外美好，我的情绪又一次亢奋起来。在我看来，每个人都好像是一座宝库，充满了他们的思绪、回忆、梦境和欲望。我的生活围绕着我自己展开，而对于广场上的每个人而言，他们的生活也有各自的中心。就说咖啡馆的服务生吧，他的工作就是为咖啡馆的客人提供服务。当我点到第四杯咖啡的时候，心里隐约有种感觉，他应该已经注意到了我，因为我在这里坐得实在太久了，至少有三四个小时。半小时后，当我喝完第四杯咖啡的时候，他过来礼貌地问我，需不需要结账。但我不能离开，我还在等橙色女孩的出现。于是我又点了份地中海式简餐和一杯可乐。只要橙色女孩没出现，

橙色女孩

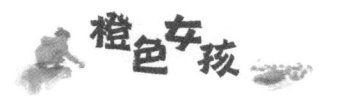

我是绝不会点啤酒或葡萄酒的。因为我想要等见到她之后,和她开一瓶香槟庆祝重逢。不知不觉到了晚上七点,橙色女孩迟迟没有现身。我想我必须结账走人了。这时我才突然意识到,自己的行为是多么幼稚——我在胡姆勒的家里收到橙色女孩从塞维利亚寄来的明信片,已经是好多天之前的事了。且不说明信片从寄出再到我手里,这一路上又要花好多天。

对我来说,橙色女孩和以前一样遥不可及。或许,除了和我玩捉迷藏外,她还有更重要的事要做。说不定,她正在马德里或萨拉曼卡的大学里上课。想到这里的时候,我已经结完账,正准备走人。我对自己的判断失误感到失望至极。我喉头哽咽,心中酸涩,甚至已经下定决心,明天一早就搭飞机回挪威。

我不知道你是否曾有过这种感觉:因为一切徒劳无功而感到浑身灼热。我举个例子好了:假如现在外面狂风暴雨,或者风雪交加,你冒着恶劣天气出门,去市中心买生活用品。可到了市中心才发现,两分钟前超市刚刚关门。除了感到郁闷外,你肯定也会为自己的愚蠢而愤怒。现在,我就陷入了这种尴尬而恼火的境地——我所有的努力都是徒劳。而且这一次,并不只是乘坐有轨电车绕着奥斯陆转圈子那么简单。我从挪威千里迢迢赶到西班牙的塞维利亚,而我的支撑点,只不过是一张没有地址的明信片。我在此地举目无亲,又不会说半句西

橙色女孩

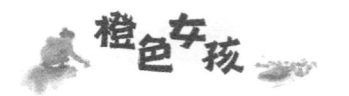

班牙语,而且不久之后,我还要回到简陋的青年旅馆。整件事情简直荒唐至极,我恨不得给自己一个耳光清醒清醒。当然,我也可以用近乎赌气的方式惩罚自己。比如,我可以下定决心,从今天开始不再和橙色女孩扯上半点关系。无论发生什么事,我都不再寻找橙色女孩。

就在这时,乔治,她来了!晚上七点半,橙色女孩赫然出现在了阿利安萨广场上!

从我在橙子树下找到位置算起,时间已经过去整整四个半小时。橙色女孩就这样,毫无征兆地,脚步翩翩地来到阿利安萨广场。当然,由于塞维利亚所在的安达卢西亚地区毕竟算是亚热带气候,她并没有穿那件旧的滑雪服。现在,她身上是一条火红的连衣裙,宛如烈焰。或许她是从睡美人那里借来的,又或许,是小精灵们亲手为她缝制的。

起初,她并没有看见我。夜幕即将笼罩整个广场,天气依然炎热,可我却寒意阵阵,冷得浑身发抖。

乔治,我不能向你隐瞒这些细节。我之所以不寒而栗,是因为我发现她和一个小伙子走在一起。她身边的男伴大约二十五岁,身材高挑儿,容貌也相当帅气。他留着红色的络腮胡子,简直就像是一个极地旅行者。尤其让我觉得别扭的是,他看起来很讨人喜欢。

我失败了。究其原因,是我自己犯下了过错。我没有遵守约定,违背了自己的承诺。我试图闯入一个不属于自己的王国,一个全然陌生的童话世界。但这个世界的规定却和我的意愿背道而驰。橙色女孩说过:"你必须等我半年,如果你做得到,我们就能再次见面。"后来又说:"如果你能坚持过半年,那么我们在之后的半年里,每天都能见面。"

如果拍摄下当时的画面,我的脸一定涨得通红,像炉火一般。那炉火一定是灰姑娘烧起来的,在王子将她从继母和坏姐姐那里拯救出来之前,她正是负责将炉火烧旺。有人抢在橙色女孩之前先注意到了我,就是那个红色络腮胡的小伙子。(你能想明白这件事吗,乔治?反正我不能。)他挽着橙色女孩的胳膊,用手指着我,用整个广场都能听见的声音清清楚楚地喊道:"扬·奥拉夫!"从他的口音,我能听出他是丹麦人。我以前从没见过他。

事情就发生在一瞬间。不过,你还是可以尽情地利用想象力来描绘当时的复杂情形。橙色女孩看见了坐在橙树下的我。当时,她站在广场中央的喷泉旁边,愣了足足有两秒钟,整个人仿佛凝固在原地动弹不得,然后她突然缓过神来。睡美人被施了魔咒,必须沉睡一百年,但醒来的时候却感觉只睡了半秒钟。橙色女孩大概就有同样的感觉。她朝我跑过来,用手臂环住我的脖子,然后重复了一遍那个丹麦小伙子的话:"扬·奥拉夫!"

乔治,现在轮到那个丹麦小伙子上场了。他潇洒地

橙色女孩

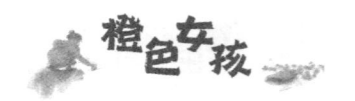

走到我面前,用力地和我握了握手,然后友好地说:"可算是见到你的真人了,扬·奥拉夫!"橙色女孩已经在桌边的椅子上坐下,丹麦小伙子拍了拍她的肩膀,说:"有空再聊。"说完,他转身走出咖啡馆,朝着来时的方向走去。他回头看了我们一眼,然后快步穿过整个广场,直到背影完全消失在我们的视野之中。没错,现在就剩下我和橙色女孩了!善良的小精灵是站在我这一边的。

橙色女孩就坐在我的对面,她的两只手放在我的手上。她的笑容充满暖意,或许有一丝紧张,但还是暖融融的。

"你食言了,"她说,"你应该等我的,可你没做到。"

"是的,"我承认,"我的心已经因煎熬而滴血。"

我看着她,她的脸上依然笑意盈盈。我也努力想要挤出一个微笑,可怎么都办不到。

"这场打赌,我认输。"我说。

她一副若有所思的表情,然后说道:"在我们的生命中,有时我们必须学会等待和忍耐。所以我写了明信片给你,本想给你一点儿力量,支撑你继续等待下去。"

我感到自己的肩膀颤抖了一下。我喃喃重复道:"所以我说,和你打的这场赌,我彻头彻尾地输了。"

"反正你没有乖乖听话,"橙色女孩的笑容开始变得暧昧含糊起来,"不过,或许事情还没到无法挽回的

橙色女孩

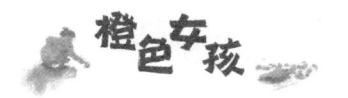

地步。"

"怎么讲?"

"我们之间还是可以维持原来的约定。问题在于,你有多少耐心?"

"我不明白你的意思。"我说。

她温柔地握住我的手,在我耳边轻轻说道:"扬·奥拉夫,你有什么不明白的呢?"

"规矩,"我说,"我不明白你定的那些规矩。"

我们之间的长谈由此展开。

乔治,下面我要把一切都告诉你,我要告诉你那天从傍晚直到深夜,我们之间究竟谈了些什么。当然,我不可能记住所有细节,我只知道,现在的你一定和当时的我一样,脑海中充满了大大小小的疑问,你只想要尽快得到答案。

我急于得到答案的第一个问题就是:橙色女孩是从哪里打听到我父母的住址?毕竟不久前,她才从塞维利亚给我寄了明信片。面对我疑惑的神情,橙色女孩用异常温柔的口吻反问道:"扬·奥拉夫……难道你真的想不起我了?"

我打量着她,试图以初次见面时的目光重新端详起来。我望着她褐色的眼睛,她耐人寻味的面孔。我的目光不自觉地滑落到她的双肩,还仔细地观察了她那件可

橙色女孩

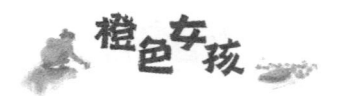

爱的衣服。然而，除了圣诞节在奥斯陆主教堂的那次重逢，还有之前几次短暂的相遇，我实在难以想象，我和她在其他什么地方见过。如果我曾经认识别的橙色女孩，那么至少在这一刻，我已经将记忆全部抹去，因为现在，我的眼里只有她。她有一种无与伦比的美，我想，她要么是上帝完美的杰作，要么出自皮格马利翁之手——这位古希腊神话中擅长雕刻的国王，曾用冰冷的大理石塑造出了一位美轮美奂的女人，而爱情女神的眷顾，为她注入了热情的生命。我们最后一次见面的时候，橙色女孩戴着一顶帽子，身穿一件厚重的黑色大衣。而现在，她的衣衫如此轻盈，让我有些羞赧，怀疑自己是否靠得太近。我的大脑一片空白。

"难道你就不愿试试回忆起我来？"她重复道，"我多希望，你能想起我。"

"你能给点提示吗？"我恳求道。

"胡姆勒大街，你这个笨蛋。"她说。

胡姆勒大街，我就是在那儿出生的，一直长到十八岁。因为上大学，我半年前才搬去了亚当斯图恩。

"要么，伊利斯大街？"她又说。

差不多是一个地方。胡姆勒大街紧挨着伊利斯大街。

"好吧，克罗沃大街！"

也在附近。小时候，我常常去克罗沃大街的街心公园玩，那里有小树林和灌木丛。我记得公园里还有沙坑

橙色女孩

和跷跷板,这两年,那里还添了几张长椅。

我又一次凝视着橙色女孩,然后将所有提示信息组合在一起。我大梦初醒般顿悟过来,紧握住她的双手,那一刹那,我的眼泪几乎夺眶而出。"维罗妮卡!"我惊喜地叫道。

她微笑着,欣喜的目光粲然生辉,我忍不住想要为她拭去眼角的泪水。

我坐在她对面,目光不再犹豫,透着前所未有的坚定。现在,世界上已经没有任何事情能够阻止我了。我的压抑心情一扫而光。我要毫无保留地将自己的心交给橙色女孩,这才是真正意义上的解脱和释然。

我们的目光彼此交融,凝聚成共同的力量。没有丝毫躲闪或回避,谁都不想挣脱这由目光汇聚成的轨道。在这种时候,亲密已经不足以形容我们的关系。

伊利斯大街曾经住着一个有着褐色眼睛的小女孩。自打蹒跚学步时起,我们两个就几乎天天玩在一起。后来,我们上了同一所小学,还分在同一个班。不过,第一个学期末的圣诞节后,维罗妮卡就跟着父母搬去了另一座城市。当时我们才七岁,距离现在已经过去了十二或十三个年头。之后,我们一直没有再见过面。

孩提时代,我们常常去克罗沃大街的街心公园玩耍,在花丛、小树林和长椅之间玩捉迷藏。我们两个就像两

橙色女孩

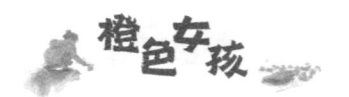

只小松鼠——是的,就是欢蹦乱跳的小松鼠。不过,就算维罗妮卡没有搬家,我们无忧无虑的童年时光还是会很快结束。因为学校里有越来越多的同学议论说,我总喜欢和小姑娘玩。

我想起一首家里教给我们的童谣,我们在外面玩的时候也常常会唱:"这里有个小男孩,愿和小姑娘一起玩。他们在小小的梦幻王国,从早一直玩到晚……"

"可你却没有认出我来。"她突然冒出这一句。不难听出,她对此非常失望,甚至有点儿生气。我面前的橙色女孩已经不再是二十岁的少女,而变回到那个七岁的小姑娘。

我情不自禁地反复打量她。我看到,她的红色连衣裙是如此迷人,美得动人心魄。我可以看见她的身体在呼吸,仿佛海浪一波一波地拍打着沙滩,而沙滩就是那条连衣裙,轻柔的衣料随着身体不断起起伏伏。

我抬起头,望着对面的一棵橙树,目光落在树叶间的一只黄蝴蝶身上。它并不是我今天看到的第一只蝴蝶,换句话说,它不过是千千万万只蝴蝶中的一员。

我指着蝴蝶说:"既然它早已变成了蝴蝶,我又怎能认出它曾经的蛹?"

"扬·奥拉夫!"她的表情凝重起来。不过,对于一个小姑娘是如何变成眼前这位窈窕淑女的,她并没有多说。

橙色女孩

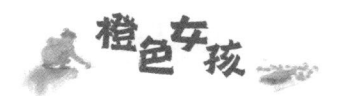

我仍被许多问题困扰着。和橙色女孩的相遇,几乎让我丧失了理智。不管怎么说,她的出现震撼了我的整个世界。我直截了当地切入正题:

"我们在奥斯陆邂逅,总共见了三面。从那以后,我几乎别无所思。可你却突然消失了,消失得无影无踪。要想留住你,就好像抓住一只蝴蝶一样困难。可我不明白,为什么要等六个月,我们才能再见面?"

当然是因为她要在塞维利亚住上半年,这是自然,我也表示理解。可问题是,她为什么偏偏选择塞维利亚?还有,那个丹麦人扮演什么角色?

乔治,你一定可以帮我找出问题的答案。虽然我并不清楚,但你见过维罗妮卡对生命的热情。我在写这封信的时候,一直很好奇,橙子树的巨幅水彩画是不是还挂在门厅里。她说——就在我写下这句话的此时此刻——自己是从这幅画里成长起来的。但愿她没有把那幅画送人,或是扔进屋顶的小阁楼。果真那样的话,你一定要打听一下那幅画作的下落。

她说:"我在这里的一所艺术学校学习。确切地说,是在一所美术学院。我必须修完所有的课程,对我而言,这很重要。"

"美术学院?"我在意外之余,还觉得有点儿受伤,"可平安夜见面那次,你怎么不告诉我?"

橙色女孩

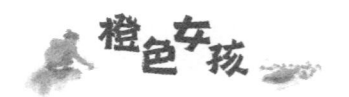

她没有立刻做出回答。于是我接着说:"你还记得吗,那天下着大雪,我还摸了摸你的头发。后来你上了出租车,教堂钟声就是那时候敲响的,随后你就消失了。"

她说:"我当然记得。那些片段就像电影画面一样历历在目。对,还是那种浪漫的文艺片的画面。"

"可我实在想不通,为什么你要这么神秘兮兮的?"

这时,她的脸色凝重起来。她说:"其实,在开往弗鲁格纳的电车上,我就已经喜欢上了你。或许应该说,是重新喜欢上你,毕竟那是一个全新的你。后来,我们又见过几面。我想,或许我们可以忍受半年的分离。或许我们也应该这么做。小时候,我们两个亲密无间,可现在我们已经不再是小孩子了。说不定这种分离,会让我们更加思念彼此。这样我们就不会因为童年回忆而走到一起。我希望你能认识和了解一个全新的我。当然,我也希望你能认出我,就像我认出你一样。所以我才不愿暴露我的身份。"

我已记不清我当时是怎样回答的。对于橙色女孩所说的话,我也没能精准地记忆和理解。不过,随着我们之间的对话越来越长,这种情况的出现也会越发频繁。我们会从一个话题谈到另一个话题,从一个故事跳到另一个故事。

"那个丹麦人呢?"我不失时机地问道,感觉像是在请求她的施舍。我觉得自己很"狭隘"。

橙色女孩

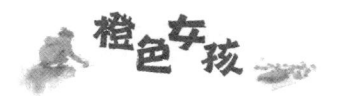

她的回答很简短,甚至有些过于正式。她说:"他叫莫根斯,我们都在美术学院学习。他很有艺术天赋。我觉得在塞维利亚,能碰到一个北欧人聊聊天挺好的。"

我的脑子里乱极了,于是几乎不假思索地问道:"为什么他会知道我的名字?"

话一说出口,我就有些后悔。或许她不愿继续纠缠这个问题,或许是她的一身红裙让我无法静下心来看清她的表情。而且,天色已经渐渐暗下来,只有两盏路灯昏黄的光晕幽幽地映照出整个广场的轮廓。我们点了一瓶产自杜埃罗河岸的红酒,各拿了一只酒杯相对而坐。

她说:"我画了一张你的画像。虽然只是凭我对你的记忆创作的,但看起来依然很像你。莫根斯很喜欢那幅画,以后我会给你看的。那幅画的名字就叫《扬·奥拉夫》。"

这么说来,她寄给我的明信片上也画了一张小小的素描,一看就是维罗妮卡本人。不过,我的心里还有一些疑问,一些我必须弄清楚的疑问。我说:"所以开白色丰田车的那个人就是莫根斯吗?"

她笑了,似乎并不想深聊下去,于是换了个话题:"你是不是以为,我在青年广场上没看见你?说出来你都不信,其实我去那里,就是为了能见到你!"

我越发迷惑了,仿佛陷入一个费解的谜团。她向我解释道:"我们一开始是在电车里相遇的。然后,为了找

橙色女孩

你,我就开始在城里到处乱转,结果发现了你常去光顾的那家咖啡馆。我以前从没去过那里。后来有一天,我买了一本西班牙画家维拉斯奎兹的画册,我就坐在那家咖啡馆里,一边翻书,一边等待。"

"等我?"

话一出口,我就意识到这个问题有多蠢。她似乎被惹恼了,激动地说:"你该不会以为,只有你一个人在寻找吧?我也是这个故事的一部分。我绝不只是一只应该被你捉住的蝴蝶。"

我不敢再追问更多的细节,这样深究下去太冒险了。于是我问了其他的问题:"那,青年广场是怎么回事?"

"别那么孩子气,扬·奥拉夫,我已解释过了。我当时在想,扬·奥拉夫在哪儿?如果他真想找到我的话,他会去哪儿?既然之前两次,他都看到我手里抱着装满橙子的大纸袋,那我大胆猜测一下,你应该会去城里最大的果蔬市场。为了碰运气,我去了好多次青年广场。当然,我也去过别的地方,克罗沃大街,胡姆勒大街,我都去过。还有一次,我甚至跑到你父母家去了。他们打开门的一瞬间,我就后悔了,可到了那一步,也没什么回旋的余地了。我只能硬着头皮和他们叙了叙旧,聊了聊老城区的近况。我甚至都没必要做自我介绍。他们还请我进去坐坐,我说我赶时间,就推辞了。我还告诉过他们我在塞维利亚的美术学院进修的事。"

橙色女孩

我不知道是不是该相信她的这番话,只是下意识地说:"可他们一个字都没告诉过我。"

她露出谜一般的微笑,恍然间有一种蒙娜丽莎的感觉,又或许是因为她在美术学院进修。她说:"是我请求他们不要告诉你的。我甚至还编了个理由,解释了为什么一定不能让你知道。"

我哑然失语。我闯进父母的房间,宣称自己要结婚,还唐突地管他们借钱,目的就是为了买机票飞往塞维利亚,去找一个我在奥斯陆只见过三面的女孩。他们居然默许了我这么荒唐的行为,一句话都没多问,原来如此。

橙色女孩继续说了下去:"想要在偌大的一座城市里找到某一个人,的确不是一件容易的事。如果要在无意中偶遇的话,那更是难上加难。不过有时候,我们还是会怀有一丝希望和期待。我已经决定要完成为期半年的课程,在此之前,我不能将自己束缚在一段感情里。我相信,如果两个人都在极尽一切可能去寻找对方,那么能够偶遇也并不意外。"

我从这个话题中抽离出来,切换到另一个场景。

我问:"往年圣诞节的平安夜,你去过教堂吗?"

她摇了摇头:"从来没有,你呢?"

我也摇了摇头。

"那天下午,我两点钟就到了教堂。我约了另一个人,所以后来又在城里转了转。我想你肯定会出现的。那天

橙色女孩

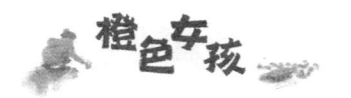

是平安夜，况且我很快就要离开挪威了。"

我们沉默了片刻。可我必须回到刚才中断的话题，于是我问："这么说来，开白色丰田车的那个人不是莫根斯了？"

"不是。"她说。

"那是谁？"

她犹豫了一下，然后说："谁都不是！"

我重复了一遍："谁都不是？"

"算是个老朋友吧，我们是高中同班同学。"

当时，我应该露出了释然的微笑。不过她还是继续说道："我们无法拥有彼此的过去，扬·奥拉夫。问题是，我们能否拥有彼此的未来。"

我当时的反应简直蠢到家了。究其原因，大概是因为经过认真思考，我坚信自己和橙色女孩会拥有彼此的未来。于是我借用莎士比亚的名言开了个玩笑："相爱还是别离，这是个问题。"

我估计她并不觉得这话有多俏皮。为了掩饰尴尬，我赶紧切换到另一个话题。"那些橙子呢？你买那么多橙子做什么？"

她的微笑透露出发自内心的喜悦。"你应该知道原因吧。在青年广场那次，你就是被橙子吸引的，拉着我说了一大堆格陵兰冰原探险的事，还扯到狗拉雪橇，带十千克橙子那些。"

橙色女孩

她给出的理由无懈可击，可我还是想问个清楚："到底为什么要买那么多的橙子？"

她凝视着我的眼睛，一如在奥斯陆的咖啡馆里那么深情，然后缓缓地说："我需要画画。"

画橙子？我惊讶地问："所有那些，都要画出来吗？"

她优雅地点了点头："我必须先学会画橙子，才能来塞维利亚美术学院上课。"

"要画那么多？"

"对，我要画很多很多橙子。这是基本功训练。"

我一脸困惑地摇摇头，她该不是把我当傻瓜了吧。我又问道："你可以就买一只橙子，然后照着它反反复复地画啊。"

她低下头，以近乎绝望的口吻说："在以后的日子里，恐怕我们得在毫无意义的讨论上面浪费不少时间和精力，因为你看问题只能看到一半。"

"怎么讲？"

"每只橙子都是独一无二的，扬·奥拉夫！世界上甚至没有两棵小草能长得一模一样。"

这回，我真的觉得自己就是个傻瓜，我完全听不懂她说的话。"所以，是因为那些橙子长得都不一样吗？"

她说："你不辞辛劳地跑到塞维利亚，应该不是为了随随便便地找一个女孩吧？如果是那样的话，你可就走了弯路。因为你只需要在欧洲到处转转，女孩子多的是。

橙色女孩

可你要找的人是我，在这个世界上，我是唯一的存在。我是想请求你，别放弃我们之间这份独一无二的情感，别辜负我对你的信任。"

咖啡馆打烊后，我们仍久久地坐在那里。然后，她站起身，拉着我的手，走到另一棵橙子树下的角落里——或许是我拉着她过去的，我已经记不清了。我只记得她说："我总算逮到你了。"

我至今仍然记忆犹新，橙色女孩的头顶上仿佛戴着一顶皇冠，上面刻着两只慵懒的小松鼠。我不知道它们在玩什么游戏，只知道它们在很认真地玩耍。

乔治，那天晚上发生的事情，我无意多做描述，请允许我有所保留。不过，那一晚究竟是如何作结的，你一定要仔仔细细听好了。

我当然没有在午夜之前赶回青年旅馆。橙色女孩租住在一个老太太家。她房间的墙上挂着好几幅水彩画，上面不是橙子树就是橙子花。角落里挂着一幅我的油画像。我没有做出任何评价，她也没有说话。或许我已经默认了橙色女孩的规矩——并非一切都需要溢于言表。我只是在心中暗想：她把我的身材画得过于高大，眼睛的颜色也太蓝。她似乎想让我的所有性格特征都通过眼睛体现出来。

于是，我开始给维罗妮卡讲我的假设中的所有故事

橙色女孩

和种种细节，一直持续到深夜。我说，她是牧师的女儿，家里除了四个姐妹和两个兄弟外，还有一只淘气的拉布拉多；我说，她要去格陵兰冰原探险，她要乘坐有八条狗拉的雪橇，还要带着十千克的橙子；我说，她是一名令人钦佩的情报人员，受到联合国的委派孤身行动，调查最新的橙子病毒；我说，她在教会下属的幼儿园上班，每天必须去市场上挑选三十六只一模一样的橙子分给小朋友；我说，为了筹备商学院的迎新派对，她必须准备一百人份的橙子布丁；我说，她和商学院毕业的男生早早地结了婚，早早地有了小孩；我说，她为了非洲的可怜的儿童，不惜拿出自己的全部积蓄，购买药品和生活必需品运送过去。

对我天马行空的设想，橙色女孩用童年回忆作为回答。那些发生在胡姆勒大街和克罗沃大街的场景，几乎已经淡出我的记忆，但随着橙色女孩的描述，它们又变得清晰而鲜活起来。

我们睡醒的时候，太阳已经高悬在蔚蓝的天空中。橙色女孩先醒了，被她从睡梦中唤醒的感觉，令我永生难忘。我已经分不清现实和梦幻的界限。或许，这两者之间的界限已经模糊到几乎消失。我大脑中唯一能够确定的一点是：从今往后，我再也不必苦苦找寻那个橙色的身影了——现在，我已经找到她了。

橙色女孩

我也一样。现在我终于明白橙色女孩究竟是谁了。其实,在得知她叫维罗妮卡之前,我就应该猜出来的……

读到这里的时候,妈妈又过来敲门。她说:"十点半了,乔治。饭已经准备好了。你还有多少没看完?"

我用郑重的口吻说:"亲爱的橙色女孩,我想你,你能再等一等吗?"

隔着门,我看不见妈妈的表情,但能听见她的沉默。我说:"在我们的生命中,有时我们必须学会等待和忍耐。"

因为没有听见妈妈的回答,我继续说:"这里有个小男孩……"

门外依然沉寂无声。但我可以捕捉到微妙的动静——妈妈将身体紧紧贴住门板,哼唱的声音透过门缝传了进来:"愿和小姑娘一起玩……"

哼唱变成了啜泣,她唱不下去了,只能呜咽着喃喃自语。

我小声地继续唱道:"他们在小小的梦幻王国,从早一直玩到晚……"

妈妈的呼吸沉重起来,然后嗓子沙哑地问道:"他真的……写了这些?"

"是的。"我说。

她没有说话。但我从轻微抖动的门把手上看得出来,她还站在门外。

橙色女孩

"我很快就来，妈妈。"我轻声说，"就剩十五页了。"

妈妈仍然沉默着，或许她已经说不出话来。我不知道她的内心掀起了怎样的惊涛骇浪。

可怜的约尔根！我暗暗思忖，这一次他不得不承认他退居第二了吧。米莉亚姆已经睡了。现在，我的父母和我正在进行专属的私密对话。我们曾是胡姆勒大街上一个相亲相爱的小家庭。爷爷和奶奶也在客厅里，这幢房子是他们一砖一瓦建起来的。约尔根只不过是这里的一个过客。

我认真地思考着目前为止所读到的内容。我得出的一个重要结论是，父亲并没有把我当成懵懂无知的傻瓜。他并没有杜撰一个橙色女孩的童话。或许，他并未透露所有的细节，但他所写下的内容绝没有虚构的成分。

话虽如此，我还是无法回忆起那些曾经鲜活的片段。我从没在门厅里看见过橙子树的水彩画，确切地说，我不记得家里有这幅画的存在。我的确看过妈妈画的许多作品，其中不乏水彩画，不过描绘的景物大多是自家花园里的花花草草，还有樱桃树。

除了水彩画，我和妈妈要聊的还有很多。或许，我应该先去阁楼上找找答案。不过我一直都知道，妈妈小时候住在伊利斯大街。有一次，因为要送一封寄错的信，我还去过妈妈小时候住的黄色小屋呢。

橙色女孩

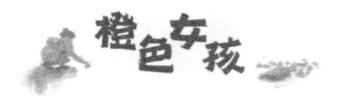

如果继续往下读，或许我能了解到那些橙子画作的更多信息。不过在此之前，我有个更重要的问题：父亲会不会提到关于哈勃空间望远镜的事呢？

哈勃空间望远镜是以美国天文学家爱德文·鲍威尔·哈勃命名的。哈勃建立了哈勃定律，为宇宙膨胀提供了实例证据。他最先观察到仙女星系，并分析确认它不是一个银河系内的星云，而是独立于银河系之外的河外星系，银河系并不是宇宙中唯一的星系。这一结论促进了现代宇宙学的诞生。

哈勃最伟大也最重要的贡献是他于1929年发现的哈勃定律，即星系的退行速度与它们和银河系的距离成正比。这一发现，为"大爆炸宇宙论"提供了实例证据。当今，几乎大多数的天文学家都认同这一理论：宇宙是由一个致密炽热的奇点在一百三十七亿年前的一次大爆炸后膨胀形成的。那是一个非常非常久远的历史事件。

如果把宇宙历史中发生的所有事件，都压缩在短短一天之内的话，那么，地球只不过是大概在傍晚时分诞生的一个星球，而恐龙只是在午夜前生活了几分钟的一个物种，至于人类，只存在了仅仅两秒……

你还在吗，乔治？把你送到幼儿园后，我又重新回到电脑前。今天是星期一。

今天，你显得有些烦躁，哭闹个不停。我用温度计

橙色女孩

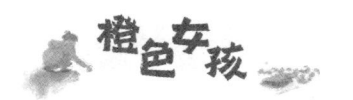

测了你的体温,没有发烧。我检查过你的耳后和脖子,确认淋巴结没有肿大。我想,你不过是有点儿轻微的感冒,也许是周末出游的时候累着了。

我几乎希望你真的有点儿小毛病,那样一来,你就能整天待在家里,陪在我身边。不过现在,我还是要坚持把这封信写完。

上周末,我们一家三口去了费尔斯多伦的度假屋。星期六一大清早,妈妈就拎了一只牛奶桶出了门,过了好久,她才装了足足四千克的云莓回来。你当时还有点儿生气呢,乔治,因为你也想上山摘云莓,你会花上一整个下午,自己一个人摘出一斤的云莓。妈妈解释说,她得赶着在星期天之前做出云莓果冻,可你还是不高兴。不过第二天,你还是开开心心地吃了果冻。

今年夏天,我们观察到了很多旅鼠,你用黄色和黑色的水彩笔,在度假屋的记事本里画了一只。那幅画美极了。如果用心看的话,绝对可以认得出就是那群旅鼠中的一只,只不过你并没有画出它长长的尾巴。妈妈为这幅水彩画加了一个标题:《旅鼠》,然后注明了作者和日期:乔治,1990年9月1日。

度假屋的笔记本应该还在吧,乔治?还放在老地方吗?

周末的晚上,在你上床睡觉后,我坐在度假屋里,将笔记本从头到尾翻看了一遍。我反反复复地看你画的

橙色女孩

那幅画,怎么看都看不够。我一边看一边想着:圣诞节之前,我们大概不会再回到这里了。

后来,维罗妮卡走过来,从我手里抽走笔记本,放在书架上。通常,我们都把它搁在壁炉上面。

"我们喝点酒吧。"她只说了那么一句。

还是先回到西班牙吧。

我在塞维利亚逗留了两天,就住在维罗妮卡租住的房子里。后来,维罗妮卡和房东老太太都觉得我该回家了。接下来,我必须熬过三个月,直到橙色女孩完成美术学院的课程。不过现在,我已经学会了等待,也懂得了如何给予信任。

当然,我必须问她,从前的承诺是否还算数。也就是说,之后的半年里,我们是否可以每天都见面。我违背了她定下的规矩,所以不确定情况会不会有变数。她陷入了长时间的思考,我想,她应该在酝酿一个颇有深意的答案。然后,她笑着说道:"我觉得把你偷偷跑过来看我的这两天从半年内扣掉就行。"

在她送我去坐机场大巴的路上,我们看见路边排水沟里躺着一只死去的白鸽。维罗妮卡站在原地,整个身体瑟瑟发抖。我有些意外,这番场景居然会令她如此难过。这时,她看了我一眼,然后将头靠在我肩膀上,轻轻地哭泣起来。我受到她情绪的感染,也忍不住落下泪

橙色女孩

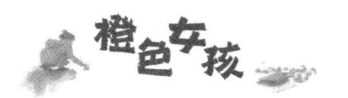

来。我们两个那么年轻，置身于完美无瑕的童话王国，所以不能接受一只纯洁的白鸽惨死在排水沟内。根据童话王国的规定，死去的白鸽是邪恶的诅咒，代表着不祥和厄运。

回到奥斯陆之后，我把全部精力都投入学业之中。在塞维利亚的时候，我旷了不少课，有好多内容都要补，何况之前，我也总是在城里乱跑乱逛，发疯一样地寻找橙色女孩，这些活动都耽误了我的学业。好在现在，我已经不需要再失魂落魄了，甚至连找女朋友的工夫都省下了——我有不少同学就是以这种方式虚度光阴的。

可是，每当我看见黑色的女士大衣，或是一条红色的连衣裙——当时天气已经渐渐转暖——我都会蓦然心动。特别是看到橙子的时候，我总会想起维罗妮卡。去超市买东西的时候，我也会站在水果摊前陷入沉思。不过现在，我已经更清楚地了解到：世界上的确没有两只一模一样的橙子。我会冷静地观察它们之间的微妙差异。挑选橙子的时候，我会花上更多的时间，耐心地比较每只橙子的特点。我还会自己榨新鲜橙汁喝。有一个晚上，我甚至为一起打桥牌的室友贡纳尔和另外几个朋友做了橙子布丁。

贡纳尔是政治系大三的学生。而事实上，他称得上是一名真正的厨师。他总是不厌其烦地煎牛排、烤鳕鱼，

橙色女孩

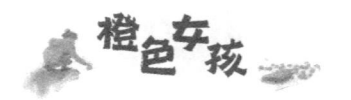

变着花样烹饪各色美味佳肴。虽然他从不要求什么回报，但橙子布丁的确给了他极大的惊喜。准备布丁的时候，我付出了前所未有的心力。我的妈妈，也就是你的奶奶，帮了很大的忙。她在一本旧的烹饪书上找到了食谱，还问我需不需要帮忙。但她并不了解，橙子布丁代表着我和维罗妮卡之间的亲密关系，所以我必须一个人独立完成这道甜点。

三个月后，她回到了挪威，乔治。七月中旬，她从塞维利亚回到了奥斯陆。我开车去福内布机场接她。接机大厅内熙熙攘攘的人们都见证了我们重逢的一幕。她拖着两只巨大的行李箱，背着厚厚的画卷走出海关。对视的一刹那，我们两个愣在原地，足足有半分钟的时间。或许我们都想证明，自己已经足够坚强，能够再等待对方半分钟之久。然后，我们热烈地拥抱在一起。那种浓烈的炽热几乎点燃了周围的空气。过路的一个老太太冲我们吼了句："真不害臊！"我们只是不停地笑，丝毫不觉得难为情。这一刻，我们已经等待了太久太久。

还没走出接机大厅，维罗妮卡就迫不及待地打开画卷，向我展示她的作品。她迅速将《扬·奥拉夫》那张翻了过去，在那一瞬间，我瞥见了画中的自己，眼睛里闪烁着蓝色光芒。和上次一样，我依然给不出任何评价意见。对于其他的画作，维罗妮卡似乎充满了表达欲，她滔滔不绝地进行讲解，丝毫不掩饰自己的喜悦和骄傲。

橙色女孩

显然，过去半年里，她度过了一段充实而有益的时光。

那年夏天剩下的时间里，我们无处不去。我们乘船前往奥斯陆峡湾的小岛，开车深入挪威的北部，我们参观和游览了各大博物馆和艺术馆。在许多夏末的傍晚，我们一起漫步穿过奥斯陆的街市。

要是你能目睹她那时的模样该多好！你真该看看，她是如何脚步翩跹地穿过大街小巷；你真该看看，她是如何全神贯注地伫立在美术馆内；你真该听听，她的笑声多么爽朗，多么富有感染力和震撼力！

我们开始越来越频繁地使用"我们"这一人称代词。这是个相当奇妙的现象，人们总是习惯性地说，明天"我"打算做这件事或者那件事，而询问对方想法的时候，人们总是会问，"你"怎么看，"你"觉得怎么样。但突然间，"我们"这个词变得日常化和生活化起来。比如，"我们去长岛泡海水澡怎么样？"或者，"我们就在家看书吧？"要么是，"我们喜欢这出舞台剧吗？"然后有一天还会说："我们好幸福！"

使用人称代词"我们"，意味着具有共同行为的两个人结合在一起，成为一个整体。在许多语言里，人们仅仅谈及两个人时，都会使用一个专门的人称代词，即人称代词的复数形式。我个人认为，这种指代方式很有意义。有时候，所谓的人们既不是单一的个人，也不是

橙色女孩

多人,而仅仅是"我俩"。"我俩"暗含了一种不可分割的意味。这是童话王国的规定,一旦引入"我俩"的概念,就好像施加了魔法一样产生了黏合的效力。比如,"我们可以做饭了""我们可以开瓶酒""我们可以上床睡觉了"等等。这么说是不是显得有点儿没羞没臊的?当然,有些时候,我们还是必须拆分开来,好比"你坐公交车回家好了,我已经很累了"。

开始使用人称代词的复数形式进行交谈时,我们也会相应地适应一些全新的规则。就拿"我们去散步吧!"这句话作为例子,你看,乔治,简简单单六个字,就能描述一个内容十分丰富的行为。它涉及地球上两个特定的人的生活。不只是语言方面的简练,它也体现出行为本身的节约和俭省。维罗妮卡会说:"我们去洗澡吧!""我们去吃饭吧!""我们去睡觉吧!"这种表达方式意味着,我们只需要一个淋浴喷头、一个厨房和一张床。

对我而言,这种全新的说话方式无异于平地惊雷般令人震撼。"我们"这个名词将我和维罗妮卡圈禁在一个闭环之中,整个世界好像也因此融为统一且高级的整体。

这就是青春,乔治,青春的放肆和不羁!

我记得一个八月的温暖傍晚,我们两个坐在比格迪半岛上,眺望着峡湾。我不知道那种想法从何而来,但我脑海中清清楚楚地浮现出一个念头:"在这个地球上,我们只能活一次。"

橙色女孩

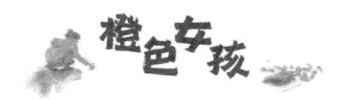

"现在,我们在这儿。"维罗妮卡似乎想要提醒我记住这个事实。

我能察觉到,对于我刚才的感慨,她似乎还有很多话要说。于是我补充道:"我在想,像此刻这样的夜晚,如果我的生命已经走到尽头……"这是挪威诗人奥拉夫·布尔的诗歌,维罗妮卡一定很熟悉。我们两个曾一起读过。

维罗妮卡走到我面前,用两根手指轻轻摩挲着我的耳垂,说道:"但此刻,你的生命还在继续,祝你好运!"

秋天到了,维罗妮卡进入奥斯陆国立艺术学院开始学习,我继续攻读医科。相比于之前的基础医学,后面的课程显得有趣多了。下午和晚上的时候,我们两个总是尽可能地待在一起。我们几乎天天都要见面——除了橙色女孩刻意扣掉的两天。她用这种方式树立了榜样,提醒我必须时刻遵守规定,因为我们之间的童话故事尚未结束——确切地说,它才刚刚开始。随着我们相处的时间越来越长,新的童话也在不断诞生,由此也产生了新的规则。你知道我对此是如何评价的吗?在这个世界上存在一些重要的规则,告诉人们应该做什么,不应该做什么。我们只需要遵守即可,不必深究背后的原因。对此,讨论和争辩是毫无意义的。

在奥斯陆读书期间,维罗妮卡也租住在一位老太太家里,同样拥有属于自己的房间。不同于在塞维利亚的是,她并不需要支付房租。除了要在夏天除草和冬天扫雪,维罗妮卡每周还要负责购买两次生活用品,每次都要为老太太带一瓶产自葡萄牙的红酒。对了,房东老太太名叫莫温克尔。有时候,我会替维罗妮卡跑腿,莫温克尔也欣然接受。

转眼又到了圣诞节,我们决定再去奥斯陆主教堂做一次礼拜。我们总觉得亏欠了教堂一个人情,所以必须这么做。维罗妮卡还是穿着那件黑色大衣,头发上别着那枚银色发夹。我仿佛又一次进入了那个梦幻般的童话。当然这一次,我们坐在同一张长椅上,而且我再也不必担心,邻座的男人会偷瞄她。当然,教堂里不乏对她侧目的男人,维罗妮卡只是微笑以对。我完全没有嫉妒,只有骄傲和喜悦,想必维罗妮卡也是一样。

礼拜结束后,我们沿着去年走过的路一起散步。在潜意识里,这已经成为心照不宣的习惯。我们就这样,默默无言地走到皇家公园附近。沉默并不会显得尴尬,而是一种自然而然的默契。

就在去年她坐上出租车的地方,我们停下脚步,紧紧拥抱。今年,我们依然要在这个地点告别。维罗妮卡要先去斯基列贝克的姑妈家,和她爸爸会合后,再一起返回阿斯克尔的家。而我要回胡姆勒大街,和爸爸妈妈以及埃纳尔一起过圣诞。

橙色女孩

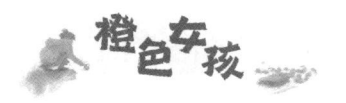

我们仿佛回到了去年此时的场景：维格兰大街的转角处会驶来一辆空载的出租车，维罗妮卡会钻进车厢，消失得无影无踪。然后呢？难道梦幻般的童话就此结束？难道魔法会一刹那失效？我们没有讨论过，也没有思考过这个问题。过去的半年里，橙色女孩兑现了她的承诺——除了被扣掉的那两天外，我们几乎天天都会见面。新的一年即将来临，她又会定下什么新的规矩呢？

相比于去年，今年的平安夜要冷得多，维罗妮卡冻得瑟瑟发抖。我把她拥在怀里，不断抚摸着她的后背。然后我告诉她，贡纳尔要转学去阜尔根，所以很快就要搬走了。这意味着我要找一名新的室友。

我是多么怯懦啊，乔治。她显然已经洞察了我的意图，情绪变得激动起来。贡纳尔要搬走了？我要找一名新的室友吗？我是否已经考虑过所有可能性，才决定向她开口的？她会不会因为我的冒失和唐突而生气？我当时忐忑不安，生怕她在平安夜当晚向我提出分手。没想到，她却说道："那我就可以搬去你那儿住了。我是说，我们就可以住在一起了。你说呢，扬·奥拉夫？"

她的话正合我意。可我还是害怕，我担心自己的想法会破坏规矩。

维罗妮卡的笑容如此灿烂，仿佛阿利安萨广场上硕果累累的橙子树。接下来的一年里，我们天天都能见面，厮守在一起，分享彼此的喜悦。这就是新的规定。

橙色女孩

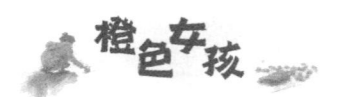

突然间,她的脸上掠过一丝忧愁,露出怀疑的表情。难道说,她心里藏着秘密,一件她难以启齿的烦心事?我轻声问道:"怎么了,维罗妮卡?"现在,我已经能明确感知到她的情绪了。

她答道:"这么说来,贡纳尔的房间就要空着了。"

我点点头。可我不明白她为什么又要重申一遍,我刚才不是已经说了吗,贡纳尔要搬出去了。

维罗妮卡已经不再是一副心事重重的模样。她坦率地说了自己的想法:"说不定,我可以把贡纳尔的房间用来当我的绘画工作室。"她抬起头看着我,打量着我的反应。我用手摩挲着她颈后的银色发夹,告诉她,和一位艺术家生活在一起,是我莫大的荣幸。

大约两分钟后,一辆出租车驶了过来。她招手拦下了车,坐了进去。不过这一次,她回头看着我,隔着车窗冲我不停挥手。我有些恍惚,上一次的不告而别居然已经是一年前的场景了!

从今往后,我不再需要到处寻寻觅觅,我不需要在出租车开走的一瞬间,找寻灰姑娘丢失的水晶鞋。这个童话里的所有谜团已经解开。我们也不再需要遵守小精灵们定下的条条框框。什么能做,什么不能做,主动权掌握在我们手里。

可是,人是什么呢,乔治?一个人有着怎样的价值

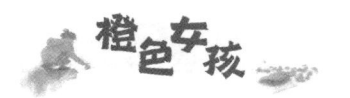

呢？难道我们只是尘埃，随风四处飘散，最终消失不见？

在我写下这些文字的时候，哈勃空间望远镜正沿着轨道围绕地球运转。它在太空已经漫游了四个多月。从五月底开始，它向我们源源不断地传输了许多宝贵的宇宙图片。那些遥远而陌生的地方也是我们生命的起源。可是不久之后，人们就发现了望远镜上的一个严重错误。目前，科学家正在考虑，是否再发射一艘载人航天飞船，让宇航员为哈勃空间望远镜修正错误，从而让人类获得对宇宙的更加丰富的认知。

你知道哈勃空间望远镜现在的情况吗？那个错误已经修正了吗？

有时候，我会把哈勃空间望远镜想象成宇宙的眼睛。这双眼睛可以看到宇宙的全貌，所以即使称之为"宇宙之眼"也不过分。你懂我的意思吗？哈勃空间望远镜并非人类的发明，它是宇宙所催生出的令人惊叹的设备，也是整个宇宙的感官。

作为宇宙中的人类，我们在经历一场伟大而奇妙的冒险之旅。相比宇宙的漫长历史，我们每个人的生命都只是短暂的瞬间。或许在未来的某一天，宇宙望远镜能够帮助人们了解到这段冒险之旅的本质。或许，在银河系之外的遥远之地，我们可以找到答案来回答这一问题——人是什么？

在这封信里，我已经无数次地提到"谜"这个字。

橙色女孩

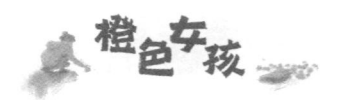

如果想要试图去了解宇宙的秘密，我们不妨将这一过程比作考验思维的拼图游戏。虽然我们面对的可能是心理层面或精神层面的谜团，但谜团的答案却存在于我们的内心深处。因为我们身在其中，我们也是宇宙的一部分。

或许，人类的进化还在继续，毕竟精神层面的发展总是要远远滞后于物质层面的发展。或许，宇宙的物质属性只是某种外在的东西，是人类自我意识发展的一种必不可少的材料。

我有一种荒谬的设想，设想有一天，牛顿灵光一闪，意识到万有引力的存在；之后，达尔文茅塞顿开，指出地球上的生物不断进化的事实；接着，爱因斯坦研究出物质、能量和光速之间的关系，着实令人惊叹；一九五三年，克里克和沃森发现了动植物遗传因子DNA的双螺旋结构。这些都是改变人类历史进程的伟大研究成果。你能想象吗，乔治，总有一天，会出现一个睿智的心灵，在灵感涌现的瞬间，揭开宇宙之谜。我有时会想象这一历史性时刻的突然降临。（在那天，我希望自己是一家大型报社头版头条新闻的撰稿人！）

你还记得吗，在这封信的开头，我曾说过想要问你一个问题。我还说过，你的回答对我而言至关重要。但到目前为止，我的故事还没讲完。

哈勃空间望远镜！父亲又一次提到了它。这时，我

橙色女孩

已经完全确信，父亲向我提出的问题一定和宇宙有关。

我从床上起身，望着窗外厚厚的积雪。我想，这一切都已经不重要了，即使整个地球被厚厚的云层包裹，哈勃空间望远镜依然能够拍到清晰的银河系照片并传输回来。它们来自距离我们几亿光年之遥的地方，以闪电般的速度抵达地球。迄今为止，哈勃空间望远镜已经拍摄了几十万张宇宙的照片，它所观测过的星球也已经超过一万个。每一天，哈勃空间望远镜都为我们带来新鲜的内容。

可是，父亲为何在此时又提起哈勃空间望远镜呢？我实在想不通，哈勃空间望远镜和橙色女孩之间会有什么关系。但这些已经不再重要。重要的是，父亲竟然知道哈勃空间望远镜的存在，并且能够意识到它对人类的重要性。而这些认识，都是他在患病后和去世前获得的，他对此兴趣十足。可以说，这是他在临终前从事的最后一些活动。

宇宙之眼！我还从未亲眼见过哈勃空间望远镜。在我的想象中，它应该是人类通向宇宙的窗户。当然，父亲将其形容为宇宙之眼绝不夸张。

要说夸张，那要说起挪威第一条铁路通车时的盛况。十九世纪五十年代，克里斯钦尼亚（也就是今天的奥斯陆）和埃兹沃尔的铁路落成。当时，挪威人口约占世界人口的千分之一，而这条铁路线上的居民总数，竟然达

到了挪威人口的十分之一！借助哈勃空间望远镜，全世界的人们都得以遨游宇宙。在父亲去世之前，哈勃空间望远镜已经绕地球轨道航行半年之久，耗资约二十二亿美元。我计算了一下，如果把这笔费用均摊下来，那就相当于世界上的每一个人都支付四挪威克朗。我认为这个价格还是很划算的，毕竟这趟旅程的范围是整个宇宙。我们不妨做个比较：奥斯陆到埃兹沃尔的往返票大约需要两百挪威克朗，如果按照千米数来折算单价，那可比哈勃空间望远镜要高昂多了。（我并不是埋怨挪威铁路局的定价，或是对这条具有里程碑意义的铁路有任何意见，我只是想说明，哈勃空间望远镜对人类的意义有多么重要，或许，它还能惠及生活在奥斯陆东北部罗梅里克的农民。所以，父亲为之冠以"宇宙之眼"这一名称毫不夸张，虽然他不知道，宇航员的确为哈勃空间望远镜加上了一副眼镜。）

"哈勃空间望远镜是整个宇宙的感官。"这是父亲在信中的原话。我想我能够明白他的真实含义。或许可以这样解释：哈勃空间望远镜绕地球外的轨道运行象征着人类在太空科技史上前进的一大步。1990年，正因为拥有了功能强大的太空望远镜和载人航天飞船，人类才能在探索宇宙这一方面实现跨时代的跃进。在了解世界真正面貌的同时，我们也在探寻宇宙的本质。宇宙经历了大约一百五十亿年才基本形成，现在终于拥有了可以用

橙色女孩

来观察自身的"眼睛"。（为了表达我的想法，我用了整整一个小时才琢磨出这句话。所以我特意加粗了字体。）

读到这里时，我能感觉到引信已经被点燃。我不由得加快了阅读速度，因为不久之后，就将迎来我的诞生。这一事件对我而言意义非凡，因为并不是所有孩子都会降临在鸡尾酒会上。

父亲，请继续说下去吧，我不会再打断你的故事。你提到的关于哈勃空间望远镜的情况，我已经做出了回答。

从现在起，我想尽量简短地叙述之后的故事。之所以选择这么做，是因为我剩下的时间已经不多了。明天我有一个重要的日程，所以会由妈妈送你去幼儿园。

我们在亚当斯图恩的小公寓里共同生活了四年。如你所知，维罗妮卡从奥斯陆国立艺术学院毕业后，一直从事绘画的工作。同时，她也在一所公立高中兼职，开设了一门名为"形式与色彩"的艺术课程。我已经顺利从医学院毕业，在获得医师执照的同时，我也必须履行我的职责——担任两年的住院医生。

想必你已经知道，你的爷爷奶奶出生于滕斯贝格，现在他们退休了，梦想就是能重新回到家乡。一天，他们告诉我，他们已经在诺德比买了一幢房子。当时我的

橙色女孩

弟弟，也就是你的叔叔埃纳尔在邮轮上找了份工作，已经出海远航去了。我猜，他是为了逃避失恋的痛苦。后来，我和维罗妮卡搬进了胡姆勒大街的房子。我们不得不向银行借了一笔数额相当大的贷款，好在我们两个的收入都比较稳定。

住在胡姆勒大街的头一年，我们花了不少时间打理花园。我们保留了从前种下的两棵苹果树、一棵梨树和一棵樱桃树，照顾它们并不麻烦，只需要定期修剪枝丫、施肥浇水就可以。我们也保留了覆盆子，因为实在懒得分辨它和醋栗、小蓝莓以及大黄之间的区别。我们还种了一些紫丁香、木绣球和杜鹃。设计方案都是由维罗妮卡做主的，我只需要贡献劳动力。现在，这里成了她的专属花园。天气晴朗的时候，她总会在花园里支起画架，描绘那些旺盛蓬勃的生命力。

一次，我们在采摘覆盆子的时候，三叶草的花蕊里突然飞出一只很大的熊蜂，它嗡鸣着在空中盘旋了两圈，一眨眼就消失了。我突然冒出一个想法：如果就体重和速度的比例而言，熊蜂的速度肯定比喷气式飞机更快。这么说吧，大型喷气式飞机的时速可以达到八百千米，相当于熊蜂的八十倍。但是，熊蜂的平均体重只有二十克，八十只熊蜂加起来也才一千六百克。我和维罗妮卡一致认为，波音七四七显然要重得多。所以按体重和速度的比例来算，熊蜂的速度可以达到喷气式飞机的一千

橙色女孩

倍。更何况波音七四七有四台引擎，熊蜂可没有，充其量只能算是一架简易的螺旋桨飞机。我们聊着聊着，不由得对笑起来：熊蜂居然可以飞那么快，而我们住的这条胡姆勒大街，意译过来就是"熊蜂大街"，这种巧合实在太好笑了。

是维罗妮卡锻炼了我敏锐的观察力，教我学会欣赏大自然中微小却精致的杰作。这些杰作数量众多，数不胜数。我们会摘一朵紫罗兰或银莲花，然后用好几分钟细细打量它的花瓣、花蕊和绽放的姿态。这世界本身，不就是一篇充满诗情画意的童话吗？

此刻，就是在我写这封信的时候，我回想起那天下午摘覆盆子时，转瞬消失的那只大熊蜂，突然感到无比伤感。乔治，那时候我们的生命力是多么旺盛，过着多么坦率单纯、无忧无虑的生活啊。我希望你也能继承这种观察力，善于发现渺小而伟大的一切。事实上，它们和太空中的星球、星系一样，都拥有令人惊叹的魅力。我想，相比于黑洞的形成，创造出一只熊蜂，或许需要更高级的智慧。

对我而言，这个世界从来都是一个"魔界"。打小我就有这种感觉。在奥斯陆街头寻觅橙色女孩时，我感觉自己陷入了童话故事，然而，对魔界的执念却在此之前就已深植于我心。我很难确切地描述这种感觉，你不妨假设这样一个世界吧：什么自然规律、进化论、原子

橙色女孩

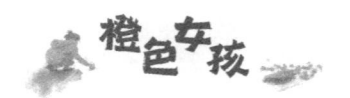

分子、DNA、生物化学、神经细胞之类的理论学说统统不存在;地球还没有"沦为"太空中一颗普通行星的境地;人类的肉体尚未被解剖,心、肺、肝、脾、大脑、肠、胃这些所谓的器官尚未被定义。我说的就是那一阶段的世界。人依然是人,完整而骄傲的人,无所谓高矮胖瘦、黑白美丑。那个时候的世界,就是一个璀璨闪耀的奇迹。

一只狍子从树丛里一跃而出,和你对视了一秒钟。可你必须花一分钟的时间去思考,这个小生命被赋予了怎样的灵魂,才能迸发出如此强的活力?又是怎样神秘莫测的宏大力量,用彩虹般五彩斑斓的鲜花点缀世界,用钻石般璀璨耀眼的星辰装扮苍穹?

你可以在民间文学中找到这种赤裸裸的、原生态的自然感受,比如格林兄弟收集的童话,去读一读吧,乔治。读一读冰岛的《萨迦》,读一读希腊和北欧的古代神话。

乔治,在你被灌输现代物理和化学知识之前,睁大眼睛,好好看一看这个世界吧!

此刻,成群结队的野驯鹿正在穿越寒风呼啸的哈当厄高原;卡马格地区的罗讷河河谷上,数千只火烈鸟正在翩然起舞;非洲广袤的热带大草原上,一群群矫健敏捷的羚羊正欢腾跳跃;南极洲的冰天雪地中,无数的王企鹅聚在一起窃窃私语——不畏严寒的它们钟爱这种气候。不过,数量并不是重要的考量因素。在挪威东部的冷杉林中,一头孤零零的驼鹿若有所思地穿行而过。一

橙色女孩

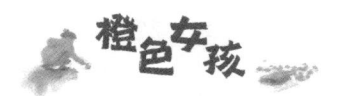

年前，一头迷了路的驼鹿甚至出现在了胡姆勒大街上；费尔斯多伦的仓库板棚里，一只受惊的挪威旅鼠在钻来钻去；滕斯贝格附近的小岛上，一只憨态可掬的海豹挪着胖乎乎的身体，游回了海里。

千万别说，大自然不是生命创造出的奇迹；千万别说，世界不是童话王国。谁要是对此浑然不觉，那恐怕到了童话落幕的那一刻，他还是会浑浑噩噩地度过。不过，在生命走到尽头时，我们依然还有最后一次机会，摘掉蒙住视线的眼罩，专注于大自然的奇迹。那是我们在告别这个世界前，最为遗憾和留恋的一瞥。

你能理解我想要表达的意思吗，乔治？在告别欧几里得几何或化学元素周期表的时候，没有人会流下伤感的泪水；在告别互联网或乘法口诀表的时候，没有人会痛哭失声。然而在告别这个充满童话、冒险和生命的世界时，每个人都会扼腕叹息，更令人心碎的是，我们还要告别我们所爱的人。

有时候，我会希望，自己活在现代数学、物理学和化学诞生之前的世界。那时的人们，对于世间万物的奇特现象还无法做出科学的解释。换句话说，我希望自己活在一个纯粹的魔幻世界里！然而现在，我正坐在电脑前，给你写这封信。此时此刻，我正在体验生命的流逝。虽然我算是一名科学家，对科学本身绝无敌意，可我的人生却并不完全因循科学。我不愿放弃原本属于自己的

橙色女孩

充满神秘和原始生命力的世界观。在我向往的"魔界"中，牛顿和达尔文的科学发现从未占据过主导地位。（碰到生词的话，你不妨查查字典。客厅里就有一本字典，我写信的时候，字典就放在那里。可我不知道，等你读到信的时候，字典这个词是不是已经过时了。）

我想要和你分享一个只属于我俩的秘密。考取医学院的时候，我为未来规划了两种可能性：或者成为诗人，用文字歌颂我们生活的奇妙世界——我应该和你提过这个想法；或者成为医生，为拯救生命而奉献自我。可以说，我是在半犹豫半确定的情况下，走上了行医救人这条路。

至于成为诗人的理想，我恐怕再也无法实现了。但无论如何，我还是要给你写这封信。

每天，当我从医院下班后，回到属于我和橙色女孩的家时，我常常会看到她站在花园里，对着樱桃树画画。我感觉，自己的人生达到了最大程度的圆满。有一次，我看见她站在花园里，顿时感觉到不可名状的无限幸福，我将她高高举起，然后抱着她走进房间。她的脸上洋溢着喜悦的微笑。在向你描述这一幸福场景的时候，我并没有觉得难为情。我和橙色女孩的情感串起了整个故事，我对此非常坦然。

我们花了好几个月的时间修葺房屋。从我们在这幢房子里共同度过的第一天起，我们就开始期待你的出现。

橙色女孩

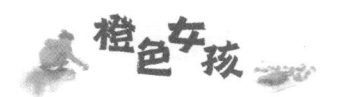

在胡姆勒大街住了一年半后,你出生了,乔治。第一次将你抱在怀里的时候,我感到无比骄傲。你是个男孩,所以我们给你起名为乔治。如果你是女孩的话,那一定会叫兰维格。在我的幻想中,橙色女孩的小女儿就叫这个名字。现在,橙色女孩正式升级成为一名年轻的母亲。

因为分娩,维罗妮卡的脸色变得无比苍白,整个人也显得格外疲倦,但她的心情是喜悦而激动的。世界上没有任何其他事情能让我们如此高兴。你的诞生,意味着我们人生新篇章的开始,也意味着我们必须遵守新的规定。

我还想告诉你一个小秘密。你出生的那天,在医院值班的正好是我的同事,他偷偷把一瓶香槟带进了产房。按照医院的规定,这肯定是不允许的。好在通往走廊的门边有道帘子,于是我们三个拉上门帘,举杯为这个刚来到地球的新生命庆祝。从这一刻开始,你就拥有了这个世界。当然,你还不能喝酒,维罗妮卡把你抱在胸前,对着你抿了一小口。

当年在塞维利亚,橙色女孩送我去机场大巴的路上,我和她在人行道的排水沟里看到一只死去的白鸽。我和你说过,死去的白鸽代表着不祥和厄运。或许,我是因为没能遵守规定而遭到不幸的。

橙色女孩

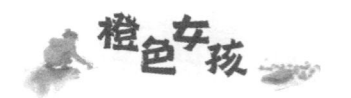

你知道吗,我们曾一起去度假屋庆祝复活节。当时你只有三岁半,估计没什么印象。在医学院的时候,我们曾经学过心理学的课程,所以我知道,人类四岁前的记忆非常有限。

我记得,当时我们坐在度假屋前面,分吃一只橙子。维罗妮卡拿着摄像机负责拍摄。她似乎已经有所察觉,随着我的生命力一点一点衰弱下去,整个童话也接近了尾声。乔治,你不妨问问她,是不是还留着这卷录像带?或许这会勾起她痛苦的回忆,但我还是希望你能问一问。

复活节过后,我感到自己的健康出现了严重的问题。维罗妮卡拒绝相信,可我知道,现实不会因为个人的主观意愿而改变。通过细微的征兆捕捉背后的意义是身为医生的本能。我确定自己的诊断。

我去找了同事。就是偷运香槟进产房的那一个。他先给我做了几项血液检查,然后安排了CT,全称是计算机层析成像。扫描结果出来后,他也认同我自己的诊断。

从那一刻起,我们进入了一种全新的日常生活模式。对于我和维罗妮卡而言,疾病的确诊无疑是一个灾难,况且我们还要绞尽脑汁,让你远离"灾区"。在此期间,我们必须确定一套新的规定。"渴望""耐心""想念"这些词被赋予了全新的含义。我们已经无法向彼此承诺,未来的一年里每天都能见面。突然间,我们的生命如此

橙色女孩

苍白，我们的精神世界如此贫瘠。原本充满温馨的人称代词"我们"，如今出现了一道可怕的裂痕。我们再也不能向对方提出任何要求，也失去了分享未来时光的权利。

读到这里的时候，你应该已经了解我的部分人生经历，也已经知道我是一个怎样的人。这一点让我倍感欣慰。

虽然你快四岁了，可我们还没有单独聊过天。不过，从某种意义上说，你比其他人更能理解我。事实上，这封信中提到了许多内容，我从未和别人如此坦诚地沟通过。现在，你一定能够体会，接受全新的规则对我而言是多么痛苦。我知道，命运将会呈现出最真实的面貌，而我不得不接受这一残酷现实：不久之后，我的肉体将会离开你和橙色女孩。

乔治，我等不及要向你提出这个问题了。不过，我要先说一说几个星期前，发生在胡姆勒大街上的一些事。

每天早上，维罗妮卡都会去学校教学生画橙子。我明确告诉过她，不必为了陪在我身边而成天待在家里。况且早餐的时候，我只希望和你待在一起。吃过早饭，我会送你上幼儿园，然后给自己几个小时的时间，坐在电脑前，给你写这封长长的信。在房间里走动时，我必须保持脚步轻盈，避免踩到你搭的火车轨道。如果缺了哪一段的话，你一回来就会发现。

橙色女孩

　　这几天，我睡的时间并不多。倒不是因为身体不舒服，而是身处寂静的夜晚，我反而难以找到内心的平静。纷杂的思绪如潮水般冲击着我，让我的大脑一团混乱。有时临睡前，我会陷入那些巨大的谜团，它们构成了一个令人悲伤的黑暗童话，里面没有好心的小精灵，只有邪恶的幽灵和丑陋的怪物。我倒宁愿放弃夜晚的睡眠，改成白天在沙发上打打瞌睡。

　　在夜晚保持清醒并不是件困难的事。至少我知道，你和维罗妮卡都在这幢房子里，正在酣眠之中。有时候，维罗妮卡被我吵醒后，会干脆坐在我身边，静静陪伴着我挨过漫长的夜晚。这种情况发生过不止一次。我们两个并没有彻夜交谈，而是会喝喝茶，吃两片面包。乔治，这是我们生活中新的规定。

　　有时，我和维罗妮卡会握着彼此的手，坐上好几个小时。我会低下头，久久凝视着她的手——那只手是多么温柔美丽。然后我又望着自己的手，通常我只能看到几根手指，甚至几只指甲。我会想，留给我这样凝望的时间还剩多少呢？这个问题我答不出来。我只能托起她的手，珍重地凝视着。

　　我对这件事已经想得很透彻了。在生命的最后一刻——或许就发生在医院的病床上——我会紧紧握住这只手，握住我生命中最后拥有的一切，直至不得不放弃的那一刻，而所有的人和物也将消失得无影无踪。我们

橙色女孩

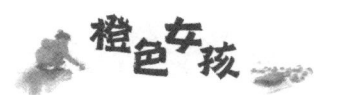

已经聊过这件事,她答应一定完成我的心愿,让生命最后的场景如我所愿。想到那一幕,我的内心就莫名地平静和喜悦,但那场景的确也有着无限的凄凉和伤感。离开世界的那一刹那,意味着我必须放开橙色女孩温暖的手。

乔治,你想过吗,另一个世界里或许也会有一只可以紧握的手。可我不相信另一个世界的存在。我总觉得,自己拥有的一切都会消失。而我最终能握紧的,只有一只手。

我之前说过,笑声是生命中最具感染力的存在。但同样地,悲痛的情绪也会极大地影响到其他人。至于焦虑和恐惧,或许每个人只能独自承受。

我很害怕,乔治。我害怕被这个世界驱逐。我害怕在未来的某一晚——就像此刻这般——我的生命将走到尽头。

我想要告诉你的是,一天晚上,你突然醒了。当时我坐在花园里,你不知怎的从房间里走了出来,摇摇晃晃地进了客厅。你揉着惺忪的睡眼四下张望。换作平时,你会爬上楼梯,直接跑到我们的房间里,可这一次,大概是因为花园里亮着灯光吧,你久久地站在原地。我赶忙从花园回到客厅,牵起你的小手。你说你睡不着。你之所以会这么说,大概是因为之前听我说过,自己睡不

橙色女孩

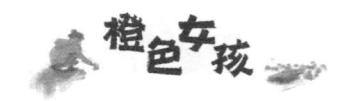

着的时候,会和妈妈在客厅里聊天。

我得承认,你的这一举动让我心中涌起一股难以名状的喜悦。你在半夜醒来,懵懵懂懂地来找我,而此刻,我有特别强烈的需求——你的陪伴。所以,我并没有劝你回房间继续睡觉。

我多想把心中的话全都告诉你,可我知道,那不可能。你的年纪还太小,理解不了那么多。可是,幼小的你已经能够给我安慰。如果这天晚上,你可以保持清醒的话,我愿意和你一起度过,哪怕只有一个小时也好。我不需要叫醒维罗妮卡,就让她睡个好觉吧。

我记得那是一个晴朗的夜晚,星星在天空中眨着眼。当时已经是八月末,而这种繁星满天的景象通常出现在盛夏时节,以你当时的年纪,很难有机会能目睹。于是,我给你穿上一件厚毛衣和一条毛线裤,自己披上了一件风衣,然后我们两个人一起坐在花园的露台上。我关了客厅的灯,又关了花园的灯。

我先是指给你看弯弯的月亮,它正远远地悬在东方的夜空中,弧形的轮廓仿佛一枚古老的符号。我告诉你,那是一轮新月。

当时,你就坐在我的膝盖上,感受着周围的一切所带来的安全感。而你身上散发出的温柔气息,在寂静的夜里同样令我沉醉。我为你一一指出夜空中的所有星星。我多希望能告诉你,宇宙是一个蕴藏着强大力量的拼图,

橙色女孩

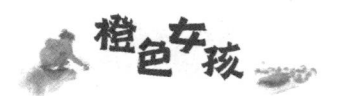

我们只是其中微不足道的一小块。而在我们所生活的童话里，存在一些既定规则，无论喜欢与否，我们都只能选择遵守。

我很清楚，不久之后我就会离你而去。可这话，我无论如何都说不出口。我知道自己必须接受现实：我即将告别我们所经历的这场冒险之旅。可我没有勇气向你坦白，我只能专注于描述夜空中的星辰，先是用比较浅显的语言，尽量让你接受和理解，但后来，我越说越着迷，开始滔滔不绝地畅谈起来，仿佛面对的是一个已经长大成人的儿子。

你任由我说了下去，乔治。虽然你并不能理解所有谜团，可你很喜欢听我说话。或许，你比我以为的要懂得多。你从没打断过我，也没有昏昏欲睡。似乎你已经察觉到，那天晚上绝不能丢下我不管。感觉上，并不是我在陪伴你，而是你在陪伴我。你是爸爸的守护神。

我告诉你，黑夜之所以会产生，是因为地球在绕着轴心转动，现在它正背对着太阳。我解释说，当太阳升起或落下的时候，我们才会观察到地球的自转。或许你已经知道了其中的奥妙。有一首催眠曲是这么唱的："太阳闭上了他的眼睛，我也要闭上我的眼睛……"你还记得吗？

我指着金星说，这是一颗行星，它也会像地球一样绕着太阳转动。在这个季节里，我们可以看见金星出现

橙色女孩

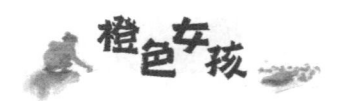

在东方的天空中。太阳照耀着它,一如照耀地球一般。当时,我还告诉了你一个秘密。我说,金星的别称维纳斯也是罗马神话中爱情女神的名字。抬头看它的时候,我总会联想到维罗妮卡。

晴朗的夜空中挂满了一闪一闪的星星。我告诉你,这些闪烁的星星几乎都是真正的恒星,因为它们自己会发光,就像太阳一样。可以说,夜空中每一颗小星星都是一个燃烧的小太阳。你还记得你是怎么说的吗?你说:"可是,星星不会晒伤我们的皮肤。"

乔治,那年夏天的阳光格外灿烂,所以我们总是给你全身上下涂满厚厚的防晒霜。我把你紧紧搂在身边,柔声向你解释说:"那是因为星星距离我们很远,非常非常遥远。"

我坐在电脑前写下这句话的时候,你正在地板上爬来爬去,忙着重新搭建木头轨道和小火车。

我默默地想,这就是我们的日常。这就是现实。可那扇远在现实之外的门扉,已经寂然敞开。

在这个世界上,我们有太多需要割舍的东西,也有太多被迫留下的遗憾。

几天前,你对我在电脑上写的东西产生了好奇。我告诉你,这是我写给最好的朋友的一封信。

或许你会觉得奇怪,我在回答"最好的朋友"的时候,

橙色女孩

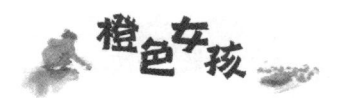

语气听起来有些伤感。你问我:"是写给妈妈的吗?"

我摇了摇头,说:"妈妈是我最爱的人。最好的朋友是另外一个人。"

"那我算是你的什么人呢?"你纠缠着这个问题不肯放。

我就这样被你绕进去了。我只好将你抱起来,放在我的膝盖上,和你一起对着电脑屏幕,然后告诉你,你就是爸爸最好的朋友。

还好,你没有继续追问下去。你当时肯定不相信,这封信居然是写给你的。不过未来的某一天,等你读到这封信的时候,那种感觉一定很奇妙。

时间,乔治。时间是什么?

虽然你可能听不太明白,但我还是继续说了下去。

我们所生活的宇宙非常古老,或许已经存在了一百五十亿年。虽然如此,它的诞生依然是个谜。人类生活在一个玄妙又宏大的童话之中,我们纵情唱歌跳舞、谈天说地,可世界究竟是如何产生的,谁都说不清楚。我想让你知道,这些歌舞和欢笑就是生命的音符,只要人类存在,这些音符就会响起。一如有电话的地方就会有回铃音一样。

这时,你把头靠在我的肩膀上,然后仰起脸看着我。你一直都明白电话和回铃音之间的关系。你很喜欢拿起

橙色女孩

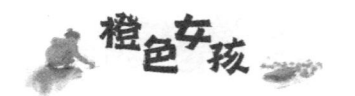

电话听筒,听那种无人应答时的空线声音。

然后,我问了你一个问题,乔治。那也是此刻我想向你提出的问题。现在,你应该终于能够理解这个问题的意思了。为了这一刻,我才向你讲述了关于橙色女孩的漫长故事。

我说:"想象一下,在很久很久以前,宇宙万物都还没有出现的数十亿年前,你站在通往童话的入口处。你可以选择,是否在未来的某一时刻,诞生在我们所生活的这颗星球上。但你并不知道,你将生活在哪里,也不知道你的生命会维持多久,反正最多也就是数十年而已。但有一件事情是确定的:一旦你选择将生命交付给这个世界,总有一天,也就是我们所谓'时间到了'的时候,你的灵魂会离开肉体,你也必须放弃这个世界,包括世界上的一草一木。或许那样的离别会让你陷入忧伤和无助,毕竟这个宏大童话中的生活,令很多人都觉得美好到难以割舍。所以当他们得知在未来的某一天,美好的生命终将结束,他们会再也控制不住泪水,情绪也随之陷入崩溃。当我们想到,终有那么一天,我们再也看不到明天升起的太阳,那种心碎简直无法用词语来形容。我们留恋眼下的美好,不愿面对时日无多的现实。"

你像一只小老鼠一样乖乖地坐在我怀里。我继续说:"如果做出决定时,你拥有了一种强大的力量,你会怎样选择呢,乔治?我们不妨把自己想象成童话里的小精

橙色女孩

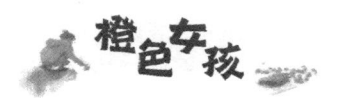

灵。你会选择诞生在地球上,体验或长或短的生命吗?"

我相信,我做了两次深呼吸,才继续用更为郑重和严肃的口吻问道:"或者,你不能认可游戏规则,所以拒绝参加这个游戏?"

你依然静静地坐在我的膝盖上,一声不吭。我多想知道,那时你心里到底藏着怎样的想法。你是诞生在这个世界的鲜活奇迹,你是有血有肉、能说能笑的天使。我甚至能感觉到,你麦穗般的金发散发出橙子的甜美气息。

你没有睡觉,可也没有说话。

我非常确定,你听见了我说的每一个字,或许,你听得格外仔细,格外认真。可我依然没办法知道,你幼小的心灵中泛起了怎样的涟漪。我们虽然紧紧依偎在一起,可彼此之间却隔着一道难以逾越的鸿沟。

我将你抱得更紧,你或许以为,我在给你取暖。现在我可以向你坦白,乔治,那是因为我的眼泪已经夺眶而出。我并不想这样,我想要鼓起勇气振作起来,可我控制不住自己的泪水。

在过去的几个星期里,我不止一次地对自己提出这样的问题:如果我事先已经知晓,在沉醉于幸福和满足的时候,我会猝不及防地被这个世界所驱逐,那么,我还会选择在地球上生活吗?或者,我会在谨慎思考后,

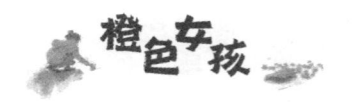

断然拒绝这种毫无意义的"施与受"的游戏。毕竟,我们在世界上只能存在一次。换句话说,我们只有一次机会,进入这场充满冒险的生命之旅。然后,就在我满心欢喜想要继续时,这场游戏却要戛然而止!

不,我真的不知道自己将作何选择。我想,或许我会抗拒这些游戏规则,我会拒绝卷入这场巨大的冒险。面对邀请,我会用礼貌的口吻说"不"。如果我已经知道,这场游戏的时间如此短暂,或许那声"不"就不那么客气了。没准儿我会咆哮如雷,关于这种进退两难的选择,我不愿再听见任何只言片语。这就是我当时的想法。我抱着你坐在露台上的时候,我已经非常笃定,我一定会拒绝整个游戏。

如果我决定,根本就不涉足地球上这种有且仅有一次的生存体验的话,我也不会知道,自己会因此失去什么。你明白我的意思吗?有时候,这像是人类的宿命——相比从未拥有过,失去曾经拥有的东西更令人心碎。你能想象吗?假如橙色女孩没有兑现她的承诺,也就是说,她从西班牙回来之后,我们不曾天天见面,甚至,假如我从来就没有遇见过她,那结局会不会好一些?当然,类似的情形也会发生在其他童话里。就好比说,如果有人告诉灰姑娘,和王子共同生活的美好岁月只能维持一周的时间,你觉得她还会选择乘坐南瓜马车,去城堡参加舞会吗?如果一周之后,她必须回到从前的生活,成

橙色女孩

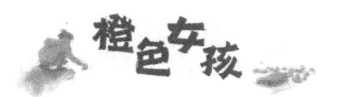

天灰头土脸地操持家务，还要忍受可恶的继母和两个坏姐姐的刁难，她又会作何感想呢？

现在，该你回答这个问题了，乔治。当我们坐在满天繁星的夜空下的时候，我已经决定，要给你写一封长长的信。就在我下定决心的一刹那，泪水模糊了我的眼睛。我之所以哭泣，不仅仅是因为我即将离开你和橙色女孩，还因为你是如此幼小，不能够和我进行真正的对话。

我想再问你一次，如果可以选择的话，你会做出怎样的决定？是会选择来到地球上，度过短暂的一生，然后永远告别这里的一草一木，接受从此再也没有返回的可能，还是婉拒这场大冒险般的游戏？

你只有这两种选择，这是人类必须遵守的规定。当你选择生命的同时，你也选择了生命的终点——死亡。

但是，你得答应我，必须经过深思熟虑，再给出你的答案。

或许我已经深深伤害了你。或许这是一个非分之请，我并没有要求你回答的权利。但对我而言，你的答案的确至关重要。毕竟对于你的存在，我应该肩负最直接的责任和不容推脱的义务。如果我真拒绝了这场游戏，那么你也就不会诞生在这个世界上。

我的内心深处对你怀有强烈的歉疚和负罪感。你之

橙色女孩

所以来到这个世界，是因为我。从某种意义上说，正是我和橙色女孩的共同努力，才给予了你完整的生命。但这也意味着，未来的某一天，这份完整会被夺走。创造一个小孩子不仅仅意味着赠予他名为世界的大礼包，也意味着这份礼物终将被全盘收回。

乔治，我必须向你坦诚说出我的想法。我之前说过，我认真考虑过种种可能，如果可以的话，我会拒绝"认识世界"的邀请，不愿贸然卷入这场昙花一现式的伟大冒险。这是我的真心话。如果你的想法和我一样，我会为自己所造成的悲剧局面感到无比内疚。

我任由自己被橙色女孩所吸引，迷失在爱情之中，并且忍不住萌生结婚生子的念头。现在，后悔和想要赎罪的感觉如潮水般将我淹没。我常常扪心自问，我究竟做错了什么？这个问题让我备受良心的谴责和折磨，提醒我有责任直面问题，即使离开后也能让这一切恢复秩序。

可是乔治，这里出现了一个新的进退两难的局面，或许它不那么尖锐，又或许，它和之前一样让人无所适从。如果你的答案是，哪怕只能经历转瞬即逝的生命，你也会选择降生在这个世界上，那么我或许应该推翻我全身而退的想法。

或许，我们可以在两种选择中找到某种平衡，或是将我们的想法进行综合考量。当然，这纯粹是我个人的

橙色女孩

希望，正因如此，我才给你写了这封信。

对于我的问题，如果你无法给出直截了当的明确答案，或许你可以委婉地回答。这么说好了，你会如何度过这一生呢？维罗妮卡，我，和一名偷偷违反医院规定的同事举杯庆祝，在香槟中迎来了你的诞生。这名同事——姑且叫他香槟医生吧——一定是守护你的精灵，这点毋庸置疑。

从那一刻起，我们的祝福已经可以搁置一旁。属于你的生命即将绽放光芒。

明天我得去医院。我有个重要的日程。妈妈会送你上幼儿园。

我必须把这件事交代清楚。另外，我还想补充一点：我不确定自己还能不能回到胡姆勒大街的家。

乔治，这是我向你提出的最后的问题：我能确定，在生命结束以后，会产生出另一个新的生命吗？我该如何说服自己，在你读这封信的时候，我存在于另一个地方？我无法知道问题的答案。我们所生活的这个世界已经超出了我的认知。你明白我的意思吗？这个世界充满了无限的可能，我短暂的生命被惊喜所填满，即使事实证明真的存在另一个世界，恐怕我也无福消受。

我记得两天前，我们两个坐在电脑前，玩了几个小

橙色女孩

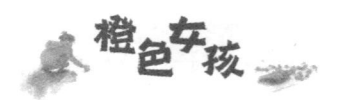

时的游戏。或许我才是更投入的那一个，大概是想要暂时摆脱那些纷繁复杂的思绪吧。每次我们在游戏中"死掉"之后，电脑屏幕上会弹出一个新的页面，引导我们进入新一轮的游戏。对于我们的灵魂而言，是否也存在新一轮的游戏呢？我不相信，真的不相信。但我们依然会憧憬不可能实现的一切，这就是希望。

我永远记得那一晚，我和父亲坐在花园的露台上，头顶满天繁星。 那一晚已经深入我的骨髓，镌刻在我心头。读到这些段落的时候，我分明感到脊背涌上一阵刺骨的凉意。

若非如此，我几乎已经忘记这一切。如果没有父亲的叙述，我绝不会记起那个璀璨的星夜。而此时此刻，我的记忆被完全唤醒，当时的场景历历在目，它无比鲜活地浮现在我的眼前。**或许，这是我对父亲唯一真实的记忆。**

我已经不记得全家去度假屋的事了。尽管我在记忆中拼命搜索，还是想不起我和父亲一起散步的画面。然而，那个魔幻般的夜晚却是真实存在的。而且，我对它的记忆和父亲的描绘完全不同。它仿佛一个童话，或者说，恍若一个五光十色的梦。

那天半夜，我从睡梦中惊醒，迷迷糊糊地走出房间。父亲从花园里进来，把我抱起，高高地举过头顶。他说，

橙色女孩

我们要飞到外面去,一起看星星,还要遨游太空。因为太空里冷冰冰的,所以他要给我穿暖和点。爸爸指着天上的星星,和我说了很多关于星星的故事。这是他在星夜下和我独处的唯一机会,绝对不能错过。

那时候,我已经知道父亲病了。可他还以为我蒙在鼓里。是妈妈向我透露的秘密,她说,爸爸要去医院,他很难过。如果我没记错的话,她就是在那天下午告诉我的。或许正是因为这个,我才会半夜惊醒,怎么都睡不着。

现在,我能清楚地记得那个晚上,自己和父亲一起遨游太空,那段记忆就发生在花园的露台上。我想,我当时就已经明白,父亲或许会离开我们,只是在告别之前,他还想给我看些东西。

写下这段文字的此时此刻,我感到背后又掠过一阵刺骨的寒意——就在我们遨游太空的时候,父亲黯然落泪。我知道他流泪的原因,而他却并不明了我的心意。我没办法说出任何安慰的话,只能像只小老鼠一样,乖乖地坐在他怀里。如果当时我说了不该说的话,局面可能会变得难以收拾。

我幼小的心灵所承载的秘密还远不止这些——从那一晚开始,我已经清楚地知道,依赖高悬在夜空中的繁星是毫无意义的,它们无法替我们排忧解难,而且终有一天,我们要和星星们告别。

橙色女孩

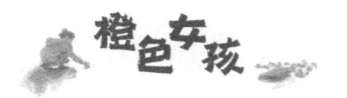

在我和爸爸"遨游太空"时,爸爸落下泪来的那一刻,我就知道,世界上没有任何东西可供依赖。

读完这封信的最后一页,我恍然大悟,为什么我对世界和宇宙如此着迷。是我父亲帮我打开了视野,是他教会我如何仰望天空,观察日月星辰。我一直都是个业余的小天文学家,只是长久以来,我一直都浑然不觉。

所以,我和父亲都对哈勃空间望远镜怀有浓厚的兴趣,这一结果自然也就不意外了。我的兴趣完全来自父亲,我只是在他停止的地方继续前进而已,这就是所谓的传承。世间万物的一切不都遵循这样的规律吗?为哈勃空间望远镜所做的准备工作,其实从石器时代就已经开始了。不,这个说法还不够准确。最早的准备工作应该溯源到宇宙大爆炸的最初几微秒,时间和空间也应运而生。

生物学里面存在这么一个概念:遗传繁衍。这也是父亲在去世前所从事的工作方向,这方面的工作他完成得很好。因为父亲的贡献,我才得以拥有现在的天赋和特质。我觉得,父亲应该不会对英式足球感兴趣,估计也不会听流行乐队的歌,至于他和罗尔德·达尔之间有什么关系,我就不得而知了。

读完了信后,我又在床上坐了一会儿,沉思了半晌。

橙色女孩

妈妈又在外面敲门。"乔治?"她试探着说道。

我回答说,我看完信了。

"那你一会儿出来吗?"

我说,她可以先进来。

我打开门让她进来,妈妈握住门把手,迅速带上了门。

我的眼睛盈满了泪水,但我丝毫不觉得难为情。妈妈第一次和父亲重逢时,她的眼睛里也闪着泪光。而此刻,我和父亲穿越时空,再度相逢。

我环抱住橙色女孩的脖子,说:"爸爸已经离开我们了。"

她紧紧贴住我,忍不住流下眼泪。

我们在床沿默默坐了许久。然后妈妈问我,父亲都在信里写了什么。"你能想象我有多紧张吗,"她说,"也不知道为什么,我觉得害怕极了。我几乎没有勇气看这封信。"

我告诉她,父亲写了一封长长的情书。妈妈理所当然地认为,这封信是写给我的。我向她解释说,信是写给她的,是写给橙色女孩的。

我补充道:"我是爸爸最好的朋友,但你是他最爱的人。这是两种全然不同的情况。"

妈妈依旧默默坐着,坐了好久好久。她的容貌是那么年轻,我读完了关于橙色女孩的故事后,才发现原来

橙色女孩

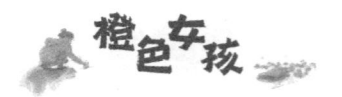

她如此美丽。她看着还真有点儿像小松鼠呢,确切地说,她更像是一只雏鸟,嘴唇微微翕动着。

我问她:"我的父亲是谁?"

她一时还没有缓过神来。她并不知道,在过去的几个小时里,我读到了一个怎样的故事。她说:"当然是扬·奥拉夫。"

"可他究竟是谁?我是说,他是怎样的一个人呢?"

"哦……"

她的嘴角扬起一道弧线,露出蒙娜丽莎般的神秘微笑。她看着我,仿佛隔着一层朦胧的面纱。这时我猛然想起来,父亲在信中曾好几次描述到这个画面。我看得出,她在努力集中精神。一双褐色的眼睛在迷惘中游移,目光仿佛在翩然起舞。

她说:"他简直可爱极了……是一个真正独特的人。而且,他是一个伟大的白日梦想家,脑子里充满了各种各样的幻想……他把生活当作一个童话,而且时时刻刻保持……好奇和热情。他非常浪漫……是啊,我们两个曾经过着那么浪漫幸福的日子。可是突然间,他病倒了。老实说,面对死亡,他整个人陷入了无止境的悲伤之中。看着真让人心碎,太难受了。他不愿意就这样离开我们,可又不得不屈服于日渐严重的病情,面对残酷的病魔终将把我们分开的事实。他始终不能接受命运的安排,不能,直到最后一刻都不能。所以他走后,家里空

荡荡的,他是那种,怎么说呢……抱歉我一时找不到合适的词……"

"不着急,我有的是时间。"

"他有点儿……人来疯的感觉。"

我忍不住笑出声来。我说:"而且他很直率,对自己也有清晰的认识。难能可贵的是,他还会自嘲。这种特质可不是谁都有的。"

妈妈疑惑地看着我,问:"可能吧。不过你是怎么知道的?"

我指了指手上厚厚的一叠信纸,说:"你读完这些以后,就明白我的意思了。"

橙色女孩又忍不住落下泪来。可我们不能一直待在房间里,分享父亲的过往和回忆。约尔根会作何感想?我不希望他误会。

于是我说:"我们出去吧。"

我们走进客厅。相比几个小时前,我第一次拿起父亲的信走进自己房间的时候,我已经成熟了许多。一瞬间,我已经是那个长大成人后的自己,面对其他人打量着我的好奇目光,我已经能够坦然处之。

餐桌上摆满了菜,有烤鸡、火腿、橙子点缀的华尔道夫沙拉和其他冷盘。我们在桌边坐下,我被安排在了主位。

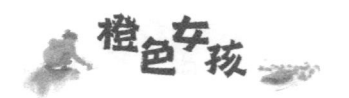

每次吃饭前,大家都入席后,妈妈会说:"现在有请发言人致辞。"今天,我能感觉到,自己就是那个负责致辞的发言人。所有人齐刷刷地将目光投向我,我就是饭桌上的主角。

我扫视了一圈,然后说:"这是父亲去世前写的一封长信,我已经读完了。我知道,你们肯定都想知道,他到底和我说了些什么……"

客厅里鸦雀无声。我想说些什么呢?接下来我又该怎么说呢?

我继续说道:"这封信是写给我的。但我并不是唯一一个关心父亲的人。所以,我要公布一个好消息和一个坏消息。先说好消息吧,在座的每一个人都可以看这封信,包括约尔根在内。至于坏消息嘛,就是今天晚上还不行。"

奶奶原本神情焦急,却又在一瞬间低下头去,脸上掠过一道失望的阴影。这道阴影是最有力的证据,证明她从未读过父亲的信。也就是说,自打父亲十一年前把它藏在童车坐垫下之后,没有人发现过这封信。

我说:"关于父亲的这封信,我建议大家先冷静思考一下,再讨论它的内容。当然,我自己也需要更多时间思考。父亲在信中向我提出了一个意义重大的问题,我还不知道该如何回答。"

大家似乎已经接受了我的解释。谁都没有说话,也没有人继续追问下去。约尔根站起身，走到我身边，哥们儿似的拍了拍我的肩膀，说："乔治，你的决定很明智。我想在座每一个人恐怕都需要一点儿时间冷静一下。"

我说："时间很晚了，已经快十二点了。我们还是先睡个觉，补充一下精力比较好。"

我惊讶于自己如此成熟的表达，在这一时刻，我俨然成长为一个理性的成年人。

可是今晚，我无论如何都没法合眼。整幢房子一片寂静，我躺在床上，望着窗外银装素裹的世界。雪在几个小时前就已经停了。

到了半夜，我还是睡不着，干脆起床穿好衣服，套上羽绒服，戴好帽子和手套，系上围巾，走到花园的露台上。我掸掉铸铁长椅上厚厚的积雪，坐了下来，关掉花园里的灯。

我抬头仰望着满天闪烁的星光，试图重温当年坐在父亲膝盖上的温馨情形。我依然能够回忆起，他将我拥在怀中的感觉。他之所以将我抱得那么紧，是怕我从宇宙飞船上摔下去。下一秒，这个嗓音洪亮浑厚、身材高大的男人突然泪流满面。

我努力地思考父亲最后提出的那个意义重大的问题。可我还是不知道，应该如何回答。

在我的生命中，我第一次确切地认识到所谓的真理：

橙色女孩

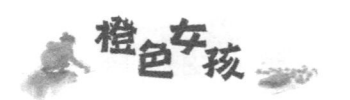

终有一天,我也会离开这个世界,失去所有。这的确算不上美好的愿景,老实说,它是令人难以忍受的恼人设想,父亲指引我了解到了生命的真相。但从另一方面说,我却不觉得反感。提前做好打算未必是件坏事,就好比我们清楚银行里究竟还有多少可动用的存款一样。况且我才十五岁——展望一下未来还是挺美好的。

同样的道理,如果我根本没有在这个世界上诞生,结果会不会更好呢?一想到自己不知何时就会死去,我的内心就满是悲伤。但我已经决定接受父亲在信中的建议,给自己足够多的时间认真思考,然后再回答他留下的难题。

我仰起头,凝视着天上数不清的星星,想象自己正坐在一艘宇宙飞船中。我在长椅上静静坐了好久好久,其间有好几颗流星划过夜空。

过了不知道多久,我听见开门的动静。是妈妈走进了花园。这时,天已经蒙蒙亮了。

妈妈问了一句:"你坐在这儿?"这不是明知故问嘛。

我答道:"我睡不着。"

妈妈说:"我也睡不着。"

我看着她,然后说:"妈妈,你加件衣服,陪我坐坐吧。"

没过多久,妈妈走到花园里,在我身边坐下。她身上穿了一件黑色的大衣,我从小就对这件大衣有印象。

橙色女孩

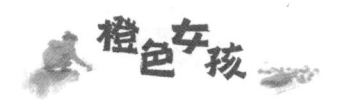

虽然不能肯定她在奥斯陆主教堂里穿的就是这件，但我还是试探地说了一句："现在就差一枚银色的发夹了。"

妈妈惊得用手捂住了嘴巴，问："他在信里这么写的？"

我刚要回答这个问题，一颗星星正从东方升起来。它比其他星星更为璀璨夺目，我有百分之九十九的把握确定那就是金星。

我问妈妈："你看到那颗星星了吗？那是金星维纳斯，这也是爱情女神的名字。爸爸每次看到它的时候，都会想到你。"

当受到强烈情感冲击的时候，我们或急于用言语表达内心的澎湃，或沉默以对。妈妈选择了后者。

过了一会儿，我又说："爸爸住院的前一天，我和他在花园里坐了一整晚，就在我们现在的地方。至于具体细节，你可以在他的信里读到。"

"乔治，"妈妈突然开了口，"我很高兴爸爸给你写了这封信，可我心里总是七上八下的。在我读信的时候，你能在家陪着我吗？"

我向妈妈做出了肯定的承诺。我完全理解，在妈妈读信的时候，有我陪在身边是多么重要。当她读完扬·奥拉夫这封长长的信后，能够安慰橙色女孩的人，绝不是约尔根。当然，我不会无视约尔根的存在，这封信对他而言并不是秘密。

橙色女孩

我说:"那天晚上,我和爸爸坐在花园里的时候,他告诉我,他不得不离开我们。"

妈妈显然在试着逃避这个话题。她说:"乔治……我不知道,我们是不是还要继续聊这件事。我觉得你应该尊重我的想法。难道你不觉得,这么做是在撕开旧伤疤?难道你不能体会到那种痛苦吗?"

她的情绪激动起来,看得出,她真的生气了。

"我能体会,"我说,"对不起,我是应该尊重你的想法。"

我们两个在花园长椅上坐了很久,并没有说太多话,也许沉默了有一个小时吧。我很意外,换作平时的话,妈妈肯定抱怨自己快要冻僵了。

每一次,天空中出现新的星星时,我都指给妈妈看。但很快,星星的光芒逐渐暗淡下去。天光大亮的时候,星星们也随之消失。

离开花园前,我再次指向天空,说:"在太空里面,有一双眼睛在不停移动,它重达十一吨,看着像一个巨大的火车头,还有两块像翅膀一样的太阳能板。"

妈妈不由得浑身一凛,我说的到底是个什么玩意儿?

我不愿妈妈受到更多惊吓。为了安抚她的情绪,我赶紧补充道:"那是哈勃空间望远镜,它相当于宇宙的眼睛。"

橙色女孩

妈妈露出了释然的笑容，然后伸出手来，摩挲着我的头发。我下意识地缩了缩脑袋。妈妈总把我当小孩子看，没准儿她以为我还沉浸在自己的家庭作业里。

"总有一天，人类会发现宇宙的真正奥秘。"我最后说道。

这天我不用去学校。奶奶认为，我应该直接告诉老师请假的原因，就说我收到了一封十一年前去世的父亲写来的信。然后她又加了一句说，在这种特殊情况下，让自己缓一缓是很有必要的。

我心想，这个情况的确挺特殊的。收到十一年前去世的父亲写来的信，毕竟不是一件常见的事。

爷爷奶奶因为要赶回滕斯贝格，所以来不及读父亲的信。我答应他们，不出一个星期就会把信寄过去。奶奶有点儿郁闷，一来必须等上这么长的时间，二来信是她最先发现的。而且，她当时坚持要第一时间赶到奥斯陆，把未拆封的信亲自交到我手上。还是爷爷提醒了她，别忘了约尔根说过的话。

约尔根一早就上班去了，我和他只匆匆打了个照面。家里只有我和妈妈两个人。因为前一晚基本没怎么睡，所以我利用早上的时间，在黄色沙发里打了个盹儿，快到中午的时候才醒。我叫上妈妈，爬上阁楼去找东西。

我恳求妈妈把她在塞维利亚时创作的画都找出来。

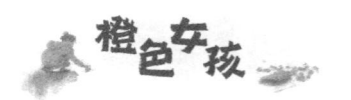

幸好，虽然妈妈一直说，自己现在的绘画技巧"早已超越那个时期"，画风也成熟多了，但以前的那些画，她一张都没丢。说话间，她找出那张父亲的画像。这是她凭借对父亲的回忆绘就而成的。虽然我们都没有发表任何评论，但我在看到画面的时候，还是暗暗吃了一惊。我从未见过那么明亮的蓝色眼睛，我猜她在颜料里使用了大量的钴蓝。而且，这双眼睛一定看见了别人未曾发觉的东西。

"你并没有从画作里成长起来。"这并不是一个问句，而更像是命令式的陈述。

在我的要求下，妈妈同意把那张橙子树的水彩画挂回门厅。我们还拿出另一幅画对比了一下高度，确保橙子树所在的位置和原来的完全一样。当时，父亲就坐在电脑前写信，到了晚上，他必须拄着拐杖走上二楼的卧室，还要小心翼翼地避开我放在地板上的铁路轨道。这段时光属于另一段岁月——一段面貌模糊，和现在截然不同的岁月。

虽然并不明显，但这幅橙子树的水彩画的确让门厅的布局增色不少。对于房子的一部分回到了原来面貌这件事，约尔根恐怕只能选择接受。我是这么想的，也是这么说的。

在阁楼的一只大纸箱里，我们不仅找到了木头轨道玩具，还发现了父亲的旧电脑。我们合力把电脑搬下楼，

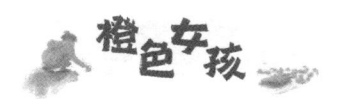

给显示器和主机接通了电源。这台机器还在使用老古董一般的 DOS 系统，包括名为 Word Perfect 的文字处理程序。我有一个同学的爸爸仍在使用这种简直可以被收入博物馆里的东西，我在他那儿见过不止一次。

系统需要输入密码才能运行，密码不超过八个字母。也就是说，只有输对了密码，我们才能看到父亲留在电脑里的文件。十一年前，所有人都没能猜出这个密码。

我试手气的时候，妈妈就站在我身后。她说，自己把所有的单词都试过了，包括数字组合，比如生日、车牌号、身份证号等等。

我猜她的想象力并不是特别丰富。我试了几次，然后输入了一个正好是八个字母的单词：A–P–P–E–L–S–I–N，挪威语的"橙子"。电脑发出叮的一声，硬盘上所有的文件目录随即出现在电脑屏幕上。

用情绪激动来形容妈妈恐怕远远不够。她抱住脑袋，整个人像要晕过去一样。

旧电脑里，带"dir"扩展名的文件相当于今天的文件夹，而且文件夹名最多只能是八个字母。其中一个文件夹叫维罗妮卡。我移动光标，按下回车键——这台电脑还没配鼠标。屏幕上只出现了一份文档，名为《致乔治》。我又按了一下回车键，伴随着嘟的一声，电脑屏幕上跳出了一份文本，正是昨晚我在房间里读的那封信：乔治，你坐好了吗？无论出现什么情况，你都要稳稳地

橙色女孩

坐好，因为我现在要告诉你一个故事，一个你必须全神贯注聆听的故事……我按下 Home 键，移动光标迅速浏览整篇文档。说是迅速，大概也需要十秒。我的目光瞥到信的最后一行：但我们依然会憧憬不可能实现的一切，这就是希望。

在我决定和父亲共写一本书的时候，我还在想着，自己或许要利用复制粘贴的操作方式。事实果然如我期待的那样，这让我感到十分自豪。因为找到了电脑上的原始文档，一切都变得简单多了。我可以在父亲的文字中添加自己的想法，让我的文字穿插其中。这样，我就能真切地感受到，我们真的在"合作"写一本书。

经过一番折腾，我把那台旧的打印机也捣鼓好了。我都担心某个博物馆里的密探会突然现身，从我眼前抢走这台老古董。打印机在运转时会发出嘈杂的噪声，而且打印一页纸要花上四分钟的时间。我仔细观察过了，打印机的小锤子必须先敲击色带，然后才能把字母一个一个地打印在纸上。不过在十一年前，父亲过世的时候，这台打印机可是很新潮的。

而现在，我正坐在这台老旧的电脑前写东西。我的意思是，我刚输入的一句话就是："而现在，我正坐在这台老旧的电脑前写东西。"

橙色女孩

　　妈妈有一张旧唱片，专辑名是《永难忘怀》。这张唱片的卖点在于，它是娜塔莉·科尔和同为著名歌唱家的父亲纳特·金·科尔的二重唱。乍一听，这个组合没什么特别的，可你要知道，娜塔莉·科尔是在父亲去世三十年后，才录制完成了唱片。单就技术层面来看，制作的难度并不大：娜塔莉·科尔只需要在纳特·金·科尔已经录制完成的音轨上灌上自己的声音即可。不妨这么说吧，她将父亲的声音转移到了一张新唱片上。

　　也就是说，从技术上讲，和一个三十年前去世的人合唱二重唱，并不是什么伟大的发明创造。它的独特之处在于跨越时空的心灵的共鸣。无论如何，《永难忘怀》是一张相当棒的专辑。

　　复述一遍关于橙色女孩的整个故事毫无意义，我只想重申两件事。除了我对父亲提问做出的回答外，还有另一件事。我先说另一件事吧，因为我已经决定，把对父亲的回答作为整本书的结尾。

　　我们花了好长时间整理旧画和古董电脑，然后，妈妈去厨房烤椰丝塔。她知道这是我最爱吃的点心，在今天这个特别的日子里，她希望能给我一个特别的惊喜。况且，现在米莉亚姆也迷上了这种小点心。

　　椰丝塔的香味逐渐弥漫了整个房子，我走进厨房，想着或许可以尝一尝新鲜出炉的美味。另外，关于橙色

橙色女孩

女孩的故事，我还有些想不明白的地方，说不定可以问问妈妈。

厨房的桌子上放着椰子粉，妈妈舀了一勺，连同糖粉一起，撒在热腾腾的椰丝塔上。

我没头没脑地来了一句："白色丰田车里的那个男人是谁？"

这话算是半开玩笑半认真的一问，就我来说，多少有点儿恶作剧的意思。那已经是一段非常久远的往事了，但这也同样是父亲的疑问。

妈妈的表情变得非常不自然，甚至有点儿惊慌。她转过身，面对着我，脸色异常苍白。然后，她在餐桌边坐了下来。

妈妈叹了口气，问："他在信里提到这件事了吗？"

我说："我觉得，因为这件事，爸爸很吃醋。"

妈妈陷入沉默。于是我追问道："就不能直接告诉我，白色丰田车里的那个男人究竟是谁吗？"

妈妈的神情变得凝重起来。她定定地看着我，仿佛下了很大的决心，挣脱心灵的枷锁。

她的声音变得虚浮无力，说道："那个人是约尔根。"

我突然有些目眩，不可置信地问："约尔根？"妈妈点了点头。我感到天旋地转，眼前阵阵发黑。

我拿起桌子上的那袋椰子粉，倒扣过来，椰子粉撒了一地。

橙色女孩

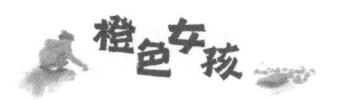

"下雪了!"我赌气地说。

妈妈仍然坐在餐桌旁边,就算她想要阻止我的行为,也已经晚了。她只是无助地问:"你为什么要这么做?"

"因为你的脑袋比椰子还蠢!"我大吼大叫。

妈妈激动地反驳了我。"事情不是你想象的那样,"她说,"自从再见到扬·奥拉夫之后,我的心里就只有他一个。"

我看着满地白花花的椰子粉,完全忘了椰丝塔的事,只觉得脑袋发热。

"然后可怜的扬·奥拉夫死了,你的心里就只有约尔根一个?"

"不!"妈妈越说越激动,"你父亲去世一年后,我才又遇见了约尔根。之前的一年里,都只有我和你两个人,你是知道的。和约尔根重逢的确令我很高兴,但我们都用了很长时间,才下定决心在一起的。"

妈妈的脸色依然煞白,似乎一下子苍老了很多。我突然同情起她来,可还是追问下去:"那你可以告诉我,橙色女孩更重视谁?"

"不可以!"妈妈一口回绝,"他们两个是无法比较的。"

她并没有生气,但口气非常坚决。说完之后,她忍不住流下泪来。

我默默下定决心,不再深究下去。这也是我从父亲

橙色女孩

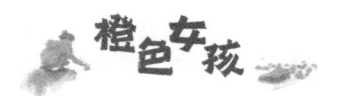

身上学到的人生哲理——我无权干涉不属于自己的人或事。对于那些我无法适应其规定的童话，我也应该尽量远离。

但是，我总可以有自己的想法吧。

妈妈对我说的这些，只会让我反感。因为这个童话的结局是，坐在白色丰田车里的男人赢得了最终的胜利。当然，这不是约尔根的错，或者说，不是任何人的错。但想到父亲无从知晓童话的结局，我还是会替他感到难过。

或许，千错万错，最终错还是在父亲，因为他没有遵守童话的规定，他没有耐心地等待橙色女孩半年，所以他会在塞维利亚的排水沟里看到一只死去的白鸽，一只象征厄运的白鸽。

我每次回忆起父亲的时候，就会想到那只白色的鸽子。但我不确定，自己是否真的相信命运一说。我相信父亲并不是迷信的人，不然他不会对哈勃空间望远镜那么着迷。

这天下午，我、妈妈、约尔根和米莉亚姆一起喝下午茶。除了椰丝塔外，妈妈还准备了热巧克力。约尔根和米莉亚姆面前各摆着一只精致的椰丝塔，在我看来，这是我们对他们的补偿。

几天后，我又一次坐在旧电脑前。我必须想清楚，

橙色女孩

自己该如何回答父亲提出的难题。我给自己设了一个最后期限,就是明天。在我做出回答前,任何人都不能看父亲的信。但爷爷奶奶已经等不及,明天就要来家里做客了。所以,那时我必须把信公之于众。

最近的这几天里,我的脑海里始终在琢磨这个问题。不过现在,我必须坦白自己的想法。父亲的这封长信,我已经来来回回读了四遍。我总是在想,多么可怜的父亲,他已经不在人世了,这真让人难过。然而他在信里所写到的哲理,并非仅仅针对他自己,还适用于地球上的每一个人,包括那些已经去世的、仍然在世的,还有即将出生的人。

"在这个地球上,我们只能活一次。"这是父亲的原话。他在信里多次提到,人类在地球上的存在就像一瞬间那么短暂。我不确定,自己是否和他有相同的体验。我在地球上已经生活了十五年,于我而言,这十五年似乎并不是用"一瞬间"就可以概括的。

但我觉得,我明白父亲想表达的意思。如果人类真正理解生命终将结束的含义,那么在许多人眼中,生命的确如流星般转瞬即逝。然而,并非所有人都能深刻地明白,永远的离开究竟意味着什么。围绕死亡的话题,人们每分钟每秒钟都在刷新认知。

"想象一下,在很久很久以前,宇宙万物都还没有

橙色女孩

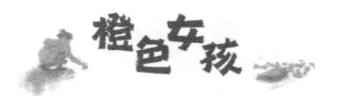

出现的数十亿年前,你站在通往童话的入口处。"父亲如是写道,"你可以选择,是否在未来的某一时刻,诞生在我们所生活的这颗星球上。但你并不知道,你将生活在哪里,也不知道你的生命会维持多久,反正最多也就是数十年而已。但有一件事情是确定的:一旦你选择将生命交付给这个世界,总有一天,也就是我们所谓'时间到了'的时候,你的灵魂会离开肉体,你也必须放弃这个世界,包括世界上的一草一木。"

渐渐地,我越来越同意父亲所说的话。或许,我也会礼貌地拒绝这一邀请。相比于时间漫无边际的永恒,相比于未来和过去,我存在于这个世界的生命的确转瞬即逝,微不足道。

就算是再美味可口的佳肴,如果我事先知道只能试吃一小口,重量还不足一毫克,那么我可能也会直接拒绝。

我从父亲那里遗传到一种悲悯和感伤。终有一天,我们会永远地离开这个世界,就好比"像此刻这样的夜晚,如果我的生命已经走到尽头……"那简直令人心碎。但我也遗传到了父亲的另一方面——看待生命的目光,以及懂得欣赏生活中的点滴美好。等到了夏天,我要以熊蜂为对象,进行真正的科学考察。(我有一只秒表,可

橙色女孩

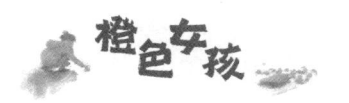

以精确测量出熊蜂的飞行速度。而且,我还要测一测它身体的重量。)当然,我也不反对去非洲热带大草原研究野生动物。我懂得仰望苍穹,为外太空数十亿光年之遥的未知事物惊叹。还不满四岁的时候,我就已经认识到了这些。

但我不可能置身于外太空的某一处。我必须以自己所在的位置作为原点,以自己的方式做出决定。

如果橙色女孩的故事是一部电影,我就是坐在电影院后排的观众;如果我一早就知道,扬·奥拉夫和橙色女孩没有找到对方,我就不会出生在这个地球上的话,那么,我一定会为他们加油鼓劲,衷心期待他们能够再度重逢;如果他们当中有一个是坚定的无神论者,从没想过平安夜去教堂做礼拜的话,我也许会伤心地哭泣,害怕他们错失良机;橙色女孩和那个丹麦人一起在阿利安萨广场出现的时候,我恐怕会因此痛哭失声;虽然扬·奥拉夫和维罗妮卡终于走在一起了,可一旦他们之间产生矛盾,哪怕是最细微的裂痕,我都会担惊受怕很久。因为他们之间的任何冲突,都会关系到我的生命是否存在。换句话说,一点儿微小的变化就可能会导致极其严重的后果。

世界啊!如果那样,我将永远无法来到这里,也就永远不会经历这巨大的秘密。

橙色女孩

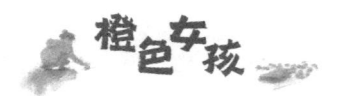

宇宙啊！如果那样，我将永远无法仰望星光璀璨的夜空！

太阳啊！如果那样，我的双脚将永远无法踏上滕斯贝格附近的温暖小岛，我将永远无法纵身跳入蔚蓝的大海。

我豁然开朗，突然明白了它们彼此之间的关系及其影响。直到此刻，我的灵魂和肉体才深刻地体会到，不存在究竟意味着什么。我的胃阵阵痉挛，我已经无法承受生理和心理上的双重煎熬。我感到这件事可恶又可恨！

终有一天，我会从这个世界上消失，离开我所生活的地球。而且，不是短暂的一两周，不是四年或四百年，而是彻底地、永远地消失。想到这里，我会不可遏制地陷入狂怒。

我有种感觉，自己仿佛沦为了一个玩笑，或者，一出荒诞闹剧的牺牲品。就好像是，先是有一个人走过来对我说："来，整个世界都是你的，你可以尽情玩耍。这是你的手摇铃，这是你的小火车，还有你的学校，到了秋天，你就要开始上学啦。"然后，他瞬间就变了脸，狂笑着吼道："哈哈，你果然被骗了！"说完，他就将一切又从我身边夺走。

我仿佛成为这个世界的弃儿，无处可以立足。我陷

橙色女孩

入了深不见底的旋涡，找不到任何救赎。

我所失去的不仅仅是这个世界，还有我热爱的所有的人、所有的东西。最重要的是，我也失去了我自己。

轰的一声——我消失得无影无踪。

我感到愤怒，愤怒到几乎作呕。因为邪恶的力量在我眼前露出了狰狞的笑容，而我不愿将命运交由对方主宰。在被它击倒之前，我要远离邪恶。我决定站在生命这一边。即使命运的恩赐如此微不足道，我也要选择善，因为善可以平息我的怒火，让我的心绪恢复宁静。或许，这个世界上真的有善的存在，可能是某个善良之人，可能是某个善良之举。

我知道，这个世界上有恶。在贝多芬《月光奏鸣曲》的第三乐章里，我已经听过邪恶的嘶吼。但我也知道善的存在。我甚至知道，在两个深渊之间绽放着一朵美丽的鲜花。而在花蕊间飞舞的，恰是一只生机勃勃的熊蜂。

哈！现在我看清了，在善和恶的绝对选择之间，还有一段轻松的小快板；在两出悲剧之间，穿插着一段滑稽的木偶戏。这一想法太具有诱惑力，连我都难以抗拒。我已经做好准备，将所有的希望都寄托在《月光奏鸣曲》的第二乐章！这世界有一种动力，被称为生命的渴望。无论如何，我并不想要体验坠入深渊的感觉，它们是不存在的，确切地说，它们不是为我而存在的。我的生命

橙色女孩

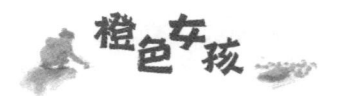

旅程是一段无畏的小快板。

我必须承认，在这一刻，我已经能够理性地进行思考。弗朗茨·李斯特将《月光奏鸣曲》的第二乐章形容为"两个深渊之间的一朵花"。我脑海中突然有了灵感——那个进退两难的难题，已经有了答案！

现在，我试着回到时间的原点，宇宙大爆炸的那一瞬间。我必须在数十亿年前做出决定，我是愿意生活在未来的地球，还是因为并不适配的规则而选择放弃。现在我至少知道，谁是我的父母，这段故事是如何开始的。我也知道，谁会是我爱的人。

这就是我的答案。现在，我将做出庄严而郑重的选择。我写道：

亲爱的爸爸！谢谢你的来信。这封信让我震惊，让我喜悦，也让我感到痛苦。现在，我终于做出这个艰难的决定：我非常肯定，即使只有转瞬即逝的生命，我也会选择来到地球上生活。现在，你可以抛开所有的烦恼了，诚如人们所说，终于能够"安息"了。谢谢你曾对橙色女孩锲而不舍地追寻！

现在，妈妈正在厨房准备晚餐。她说今晚我们要吃法式大餐。约尔根一会儿完成例行的"周六慢跑"后就会回来了，这是他自己起的名字。米莉亚姆正在睡觉。今天是十一月十七日，距离圣诞节还有五个星期。

橙色女孩

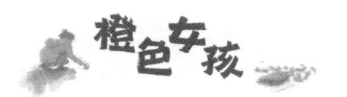

你在信中提到了几个关于哈勃空间望远镜的有趣问题。事实上不久以前,我刚完成一份长篇幅的家庭作业,主题正是哈勃空间望远镜!

我想向你透露一个重要的秘密:我已经知道圣诞节会收到什么礼物。约尔根暗示过好几次,包括指给我看报纸上的天文图片,主动和我讨论关于宇宙的知识,等等,所以我相当确定,他们会送我一台天文望远镜。简直不可思议!约尔根也看过我的家庭作业,还读了两遍。虽然他不是我的亲生父亲,但他一直说自己为我感到骄傲。我相信对他来说,我和米莉亚姆的存在同样重要。老实说,我对他不应该再有更多要求了。我真的挺喜欢这个男人的,感觉他就像我的亲生父亲一样。

如果到了圣诞节,我果真收到了一台天文望远镜,我会带上它去费尔斯多伦的度假屋。因为奥斯陆所在的平原上,有太多被天文学家称为"光污染"的污染源。而且我也想好了给这台望远镜起的名字,就叫它"扬·奥拉夫望远镜"。对于约尔根来说,这个名字或许有点儿别扭,但如果他还想继续跟我做好朋友的话,他就只能选择接受。在这个世界上,并不是所有事情都能顺遂如意的。

没有月光的时候,费尔斯多伦的夜空仿佛铺上了一层满是星星的地毯。人们不禁要好奇,太空望远镜究竟

橙色女孩

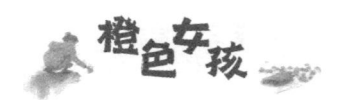

有什么用？哦，爸爸，我没有你想的那么天真幼稚。我知道，太空中的星星自己是不会眨眼的！但有时候，我们会潜入游泳池底部，透过池水观察泳池边缘，猜测水面上会出现什么，这纯粹是为了体验短暂的刺激和新鲜感。无论如何，我们都不该放弃任何可能的机会。我们有可能会通过天文望远镜观测到月球上的陨石坑、木星的卫星以及土星的光环。或许在未来的人生里，我还能够坐上宇宙飞船，真正地遨游太空。

向你致以最衷心的祝福！对了，乔治仍然住在胡姆勒大街，他知道，自己的优良基因都来自父亲的遗传。

又及：读完你的长信之后，我已经能够鼓起勇气和那个拉小提琴的同学说话了。或许下周一，我就会采取行动。我已经想到一个不错的话题，或许等我们熟悉之后，她会给我看她的小提琴。

我喊了妈妈过来。在写完这句话的同时，我把父亲的信交到她的手中。现在，她拿到的是父亲的原稿。

"现在你可以读信了。"我说。

这本书是我和父亲合作完成的。或许以后有适当的契机，她也可以读到这本书。但绝不是在圣诞节之前。也就是说，她必须等到我收到望远镜这一圣诞礼物之后才行。不过在这本书里，我已经把"扬·奥拉夫望远镜"

写进去了。

如果有人读到小提琴同学的故事，我恐怕会有点儿忐忑。不过只有一点儿。想到妈妈和约尔根躲在卧室里，亲昵地分享这封信的时候，我也会有点儿别扭。不过也只有一点儿。

妈妈坐在客厅里的黄色沙发上，读完了父亲的信。她说，趁着约尔根完成周六慢跑回家之前，她想要先歇一会儿。我答应她，会一直陪在她身边。隔着一段距离，我可以听见她的啜泣声，我想这是再明显不过的证据：妈妈对扬·奥拉夫并没有完全忘怀。

但是此刻，这个故事仍没有写完。我还有几句附言，想要送给所有在读这本书的人。这是我发自内心的建议。

不妨问问你们的父母，他们当初是怎么认识的。或许，他们会叙述一个扣人心弦的精彩故事。一定要分别问问他们两个，看看他们所讲述的版本是否一致。

如果他们突然变得尴尬或难为情，别惊讶，这太正常不过了。我们所熟知的童话也有各种不同的版本。你会逐渐意识到，每个童话都或多或少地存在一些敏感的"规则"，这些规则本身往往难以用语言表述。如果对此无法适应的话，或许我们不该太过靠近。应对这些规则没有既定的方式可言，我们只能运用智慧和所谓的"技巧"。

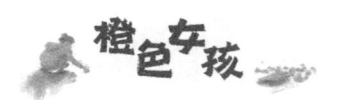

对于听众而言，一个故事的细节越丰富，情节的发展也就越加紧张刺激。因为，如果任何细枝末节和事实稍有出入，你们可能就不会在这个地球上诞生。我敢打赌，当初有着成千上万的转折点存在，只要在某一个节点选择另一种走向，就会改变全局。

　　用我父亲的话说，命运就是一场博彩，报纸上只会刊登出中奖的报道。

　　但此刻，你正在读这本书，你的生命还在继续，祝你好运！